光文社文庫

雨のなまえ

窪　美澄

光　文　社

目次

雨のなまえ

部屋中に、気持ちのいいビブラートが響いた。

マリモはセックスもうまいけれど、歌もうまい。おれは、マイクを持ったマリモをひざに乗せ、温かい背中にぺたっと顔をつけて、右手をマリモの下着に侵入させた。ゆっくりと指を動かしても、マリモの声に変化はない。けれど、おれの中指は確実にマリモのなかの熱を感じていた。

マリモがいつも同じ歌を歌うので、今ではすっかり歌詞を覚えてしまった。

「街中で寝る場所なんてどこにもない」のところで、なぜだか毎回ぐっときてしまって、なんかせつねーなーコムロテツヤは、と思いながら指を動かした。しっかり濡れているのに、マリモはそんなことにはおかまいなしに歌に熱中している。そんなマリモに少しだけ腹が立ち、中指を引き抜いてマリモの顔の前に差し出した。

「朝メールしたでしょ。二日目だって」

歌を中断されたマリモがいらっとした声で振り返り、おれの顔を見た。顔を上げてマリモの背中ごしに見ると、中指が赤銅色に染まっている。ティッシュペーパーで血液をぬぐいながら、「だったら、普通のカラオケボックスでよかったじゃん」と言うと、マリモがするりとひざから降りて、じゅうたんの上にひざまずいた。だからさー、と言いながら、マリモはおれのズボンのベルトをゆるめ、すばやくトランクスを下ろし、ストレートの茶色い髪をかきあげた。右手で握ったおれの先端を、とがらせた舌の先で舐めたあと、おれの目を一度だけ強く見てから決心したように口を大きく開けてほおばり、頭を上下に動かしはじめる。

おれはマリモがベッドに放り投げたマイクを持って、その音をひろった。やたらに粘度の高い水音と、熱を持った舌が動く音が部屋に響く。その音を聞いた途端、マリモの口のなかの温度が上がり、舌の動きが複雑になった。興奮したマリモの様子におれも同調した。次第にマリモの頭の動きが速くなって、そこからはあっという間だった。カラオケはまだ続いていて、コーラスの部分だけがまぬけな感じで聞こえてきた。ベッドの上にあおむけにひっくり返ると、マリモがおれの体の上に馬乗りになった。マリモはおれの目をじっと見て唇をとがらせ、口のなかに入っているものをおれの顔の上に垂らそうとした。やっ、やめっ、と顔をそむけて言うと、マリモは口の端だけをかすかに上げて、ばかにしたような顔で笑い、腕を伸ばしてティッシュペーパーを乱暴に引き抜くと、おれが放ったものを吐き出してから、飲み込むもんか、と小さな声で言った。

道玄坂を上ったところにあるホテルを出たのは、午後十時過ぎだった。東横線の改札口でマリモと別れた。花粉症のマリモはマスクをしたまま、聞き取りにくい声でじゃあねまたね、と言い、一度も振り返らずに人ごみに紛れていった。ベージュのトレンチコートを着たマリモの背中が見えなくなるまで目で追いながら、おれはほんの少しだけ寂しい気持ちになり、井の頭線の乗り場に続く階段を上りながら、コートのポケットに入っていた粒ガムを勢いよく口のなかに放り投げた。

渋谷から急行に乗って十分。各駅に乗り換えて、二駅目で下りる。改札口を抜け、地上に出る階段を上っていくと、Nの字が大きく入った青いリュックサックを背負った子どもたちが、階段を一段飛ばしで上りながら、おれを追い越して行った。階段を上り切ったところにある銀行の前には、母親らしい女性たちが、どこか不安気な表情で、塾帰りの子どもたちを待っている。光沢のある素材のピンク色のジャンパーを着た一人の女の子が、母親の腕のなかにとびこんでいった。肩のあたりできれいに切りそろえられた後ろ髪からのぞく、やわらかそうな耳が、街灯に照らされていた。

コンビニエンスストアと牛丼屋以外はシャッターの下ろされた商店街を抜け、線路を渡って、神田川へと続く道を下りていく。古ぼけたマンションやアパートが並ぶ一角を過ぎると、コンクリートでできた要塞のような社宅とテニスコートが見えてきて、それを通り過ぎると、やたらに長い塀、シャッター付の駐車場がついた住宅が続く。その並びにある一軒の家の庭に植えられた桜の木が、枝先を道に伸ばしていた。ふと立ち止まり、見上げると、つぼみの先が桃色に染まって、今にも花が咲きそうだった。

しばらく歩くと、マンションのロビーのオレンジ色のあかりが見えてきた。高級マンションが多いこの街でも、とびきり高級な低層四階建てのマンションが今のおれの住み処だ。入口のガラスごし、ロビーにあるグランドピアノを見ると、毎回うんざりした気持ちになり、マンションを通り越して、目の前の公園へと歩いていく。もともとは銀行のグラウンドだったこの場所を、区が買い上げてできた公園らしい。中心に小学校のグラウンドよりもやや広い芝生の広場と、そのまわりをぐるりと囲む雑木林があるだけで、公園らしい遊具はいっさいない。このあたりの防災施設を兼ねているらしく、公園入口のわきには災害備蓄倉庫と赤い文字で書かれた銀色のコンテナがいくつか建てられていた。

公園を一周するアスファルトの道から外れて、芝生の広場のまんなかをずんずんつっていく。くらやみのなかで、小さな犬を連れている人が、おれをちらりと見た。雑木林の前に隠れるようにある木のベンチに座り、カバンから煙草を出した。百円ライターで火をつけ、深く吸い込み、芝生の広場の向こうにあるマンションを見る。

子どものころの自分に、目の前のマンションを見せて、あれがおまえの家だ、と言ったら、目を見開いて驚くだろう。小学校に入る前、ほんの小さなガキのころ、母親の仕事やつきあう男が変わるたびに引っ越しをした。今にも壊れそうな古ぼけたアパート、やたらに庭の広い平屋建ての家、見知らぬ誰かの家の二階の一室を、おれと母親はヤドカリのように移動した。

ある時期、おれと母親が住んでいたのは、歓楽街の雑居ビルの屋上に建てられたプレハブ小屋だった。おれを寝かしつけると、母親は濃い化粧をしてどこかに出かけていった。パトカーや救急車のサイレン、心をざわざわとさせる音楽、男がマイクでがなる声、女たちのけたたましい笑い声、誰かが激しく嘔吐(おうと)する音。日が暮れた途端、活気づく街の騒音のせいで、よく夜中に目を覚ました。パジャマのまま、プレハブ小屋を抜け出し、屋上のフェンスをにぎって街を見回した。

目に刺さるような蛍光ネオンの輝くこの街のどこかにいるはずだけれど、母親が出かけていくたびに、もう会えないような気がした。うしろを振り返ると、薄汚いプレハブ小屋が見えた。狼にひと吹きされたら粉々に壊れてしまいそうなこんな家だから、母親はきっと帰ってこない。前を見ると、新宿の高層ビルの赤いランプがちかちかと点滅しているのが見えた。部屋に戻り、そのころの、おれの唯一の家財道具だったプラスチックのブロックでビルディングをつくった。こんな家だからだめなんだ。もっと頑丈な家じゃなきゃ。しっかりした家をつくれば、おかあさんは夜も家にいてくれるはず。おれはブロックのビルディングを自分が納得するまでつくり直した。何度も。何度も。翌朝、床に突っ伏したまま目覚めると、酔っぱらった母親が蹴飛ばしたのか、そのビルは半分に折れて、テーブルの下に転がっていた。

目の前のマンションの二階。左から二番目の部屋。すでにあかりは消えている。そこに、ちさとが眠っている。腹のなかにはおれの子どもがいて、おれがこうしてこんな場所で、呆けたような顔をして煙草を吸っている今も、おれの遺伝子を受け継いだそいつは着々と細胞分裂をくり返している。そんなことを想像した途端、マリモとホテルに入る前に食べた豚骨ラーメンの油の重さを胃のあたりに感じた。

家に入ると、まっすぐ洗面所に向かった。無添加のハンドソープでていねいに手を洗い、爪ブラシで爪の間に詰まった血液をていねいにこすり落とす。歯を磨いて、顔を洗い、リビングに入ると、一日中稼働している空気清浄機の青いランプが光って見えた。二十畳以上はある広すぎるリビングの片隅に、イタリア製の高価なベビーベッドが置かれたのは、先週の日曜日のことだ。おれが仕事に行っている間に、ちさとの両親が運びこんだらしい。

ちさとの両親は、この街に古くから住む地主で、おれの給料だけでは多分、一生買うことなんかできないこのマンションを、ちさとの妊娠がわかった途端、まるでコンビニエンスストアで牛乳を買うように買ってくれた。中古マンションとはいえ、前の住人が二年住んだだけの新築同様のこの部屋を、ちさとは生まれてくる子どものために徹底的にリフォームした。すべての部屋の床を剝がし、タスマニア産ユーカリ材のフローリングに、壁は再生紙と木材チップを使った壁紙で張り替えた。国内産木材を使ったソファをリビングの中央に置いたときは、

「悠ちゃんのお店の家具もかわいくて好きなんだけどね。赤ちゃんにはプラスチック製とかじゃないほうがいいと思うの。長く使えるもののほうがね」と、すまなそうな顔をして笑った。

おれがベッドに座った重みで、横向きに寝ていたちさとの体が少しだけこちらに傾き、煙草……と寝ぼけた小さな声でつぶやいた。うん、と返事をしながら、薄い掛け布団に体をすべりこませる。ちさとが、おれの体に腕を回した。もうすぐ妊娠八カ月になるちさとのおなかが背中に触れた。生きているものが動くかすかな感触を感じ、少しだけたじろい

だ。もしかしたら、こいつと兄弟になっていたかもしれない、マリモの口のなかで蠢(うごめ)いていた精子のことを考えているうちに、疲れにひきずりこまれるように眠ってしまい、そして、瞬く間に朝がやってきた。

「来週ね、両親学級があるから忘れないでね」

やたらにぽそぽそとする天然酵母のパンを、グラスに入ったミルクにひたして食べていると、窓際に立ったちさとが肩をぐるぐると回しながら言った。おれが大好きだったストレートの長い髪を、妊娠がわかった途端、ちさとはあごのあたりまで短く切ってしまった。毛先が少しだけカールした髪を揺らしながら、今度は腰に手をあてて、円を描くように回している。

「こうするとおなかの赤ちゃんにたくさん血液がいくんだって」

すっぴんなのに、炊きたての新米のようにつやつやしたちさとの肌を、窓に吊したサンキャッチャーの七色の光が照らす。テーブルのすみに目をやると、区立図書館の本が何冊か重ねられていた。『天気用語辞典』や『植物図鑑』、『雨の名前』。本の間から付箋が飛び出している。

「どうしたの、これ?」その中の一冊、『植物図鑑』のページをめくりながら聞くと、

「子どもの名前、そろそろ決めたいの。名付けの本も見たけど、自然の名前がいいかなと思って」ちさとがそばに来て、おれの肩に手をおく。ページをめくっていくと、ちさとの文字で書かれた小さなメモがすべり落ちてきた。

「これ、なんて読むの？」

「万年青と書いて、おもと、だよ」ちさとが、万年青の写真が載ったページを開いた。

「どう？　おもと。音の響きがよくない？」

「一生モラトリアムみたいな名前の子どもはいやだ」そう言うと、ちさとが吹き出した。

「じゃあ、悠ちゃんが考えてよう。ぜんぜん決める気ないじゃん」とほっぺたを膨らませながら、昨日の夜、悠ちゃんの携帯ぜんぜんつながらなかったよ、と小さな声で言って、おれの左の耳たぶをつまんだ。

「等々力（とどろき）さんと営業の人と、クレームつけてきた建築士さんにあやまりに行ってたんだよ」

「携帯切るまえに連絡してね。心配になっちゃうからね」

ちさとがおれの首に手をまわし、もうパパなんだからね、と耳たぶに唇をつけた。パパというまぬけな音の軽さにたじろぎながらも、ちさとの甘だるいようなにおいと体温を強く感じた途端、なぜだか急に罪悪感がわき上がり、「名前、二人で決めないとな」と、心にもないことが口をついて出た。

ちさととは、おれが二浪して入った美術大学で出会った。おれは建築科、ちさとは油絵科の学生で、共通の友人を介して知り合い、つきあいが始まった。たった一人の家族だけれど、ふらりと行方知れずになる母親からの援助はあてにできなかったので、山のような課題の合間をぬって学費のためにバイトに明け暮れるおれに、ちさとは気前よく飯をおごってくれた。「ずっとバレエを習っていたから」というちさとは、いつもどんなときでもやたらに姿勢がよく、たくさんの学生でごったがえす学食にいても、すぐに見つけられた。油だらけのカロリーだけは高い学食の飯を、猫背でガツガツと食う学生に混じって、ちさとだけはフレンチレストランにいるような完璧なマナーで食事をしていたから。

それなのに、酒を飲ませると途端にふにゃふにゃに、いやらしくなった。そんなちさとが大好きだった。ちさとにとって、おれは初めての男で、おれがほかの女にちょっかいを出しているときも、忠犬ハチ公のようにおれが戻ってくるのを待っていた。ほかの女とだめになるたびに、おれはだらしなく、図々しく、ちさとに連絡をした。アパートにやってきたちさとを抱きしめると、「あたしのほうが好きだから仕方ないね」と泣き笑いのような顔をした。

いかに自分がほかの人間と違うのかとか、実体のない才能やセンスのようなもので世のなかに打って出ようとか、たくさんの男とつきあうことでうすっぺらいアイデンティティを満足させるとか、美大に来るような女にありがちな健康的に歪(ゆが)んだ自意識のようなものが、ちさとにはまったくなかった。子どものころから絵を描くのが好きだったの、だから美術大学に来たの、それだけなの。まわりの友だちはそんなちさとを天然、といってばかにしたり、やたらに可愛がったりした。就職活動に明け暮れる同級生を尻目に、ちさとは絵を描き続け、小さな賞をとった。大学を卒業したあとは、もうなんだか気がすんだの、と言って、ちさとは絵筆を握らなくなった。実家住まいだったちさとは、週に二日は自分の母親に代わって、祖母の介護を手伝い、週に三日は友だちが始めた雑貨屋を手伝い、週末にはおれのアパートに来て、夕食をつくってくれた。

やっとの思いで先輩の建築事務所にもぐり込んだおれは、週の半分は泊まり込みで仕事をしていた。あるとき、徹夜で仕事を続けていると、携帯にちさとから電話がかかってきた。泣きじゃくる声で、「流産しちゃったかも」とくり返した。妊娠していたことすら、おれもちさとも気がついていなかった。翌朝、ちさとの親に内緒で駆け込んだ病院で、子宮のなかに残っているものをきれいにするために、一日だけ入院した。親には、おれが熱を出して看病するから、とちさとが自分で電話をした。

「この時期の流産はあなたの責任ではありません。原因を明確にすることは難しいのですが、受精卵の異常とか、胎児側の問題であることがほとんどです。ですから、ご自身を責めてはいけません」白髪の医者の話し方は、なぜだか外国人の牧師をイメージさせた。その言葉を聞いて、声を出さずにちさとは泣いた。病院の窓口で会計をすませて病室に戻ろうとすると、ちさとが新生児室の前に置かれた椅子に座って、赤んぼうたちを見つめていた。

「悠ちゃんの赤ちゃん欲しいなー」と、おれを見上げたちさとの目から、また、涙がこぼれそうになった。この世のどこかに流れていってしまった、まだ胎児とも呼べないような何かに、おれはちさとのように特別な感情を持つことができなかった。ちさとの涙に、おれは緊急停止したエレベーターのすみに、じりじりと追いつめられていくような息苦しさを感じていた。それなのに、

「結婚、しようか」と、ふいに口をついて出た。ちさとが座ったまま細い腕を伸ばして、おれの腹のあたりをぎゅっと抱いた。それはちさとの体からすれば、思いがけないほど強い力で、おれは半歩、後ずさりした。

ちさとが三十歳になる直前に、正式に結婚が決まった。ちさとの両親に会うために、初めてこの街を訪れたとき、ちさとと同じ名字の表札を何軒も見た。そのことを伝えると、

みーんなうちの親戚なんだよ、と表情を変えずに言った。ちさとの家の見上げるような鉄製の門扉が開くと、数人の植木職人がだだっ広い庭にある、でかい松の木の手入れをしているのが遠くに見えた。

　上に兄が一人、二人兄妹の末っ子、一人娘のちさとの言うことには何ひとつ反対しないちさとの父親は、野良猫のように素性のはっきりしないおれとの結婚をあっさり認めた。母親は父親の隣に座り、ただにこにこと座っているだけでとくに反論もしなかった。子どもができたら、この家のそばで暮らしてほしい、というのが、父親からのただひとつの提案だった。ちさとの父親は、入婿でこの家に入った。若いころは女遊びが激しく、母親をずいぶん泣かしたというちさとの父親は、髪の毛がすっかり薄くなった今でも、老人らしからぬ色気があった。でっぷりとした腹をさすりながら、おれの仲間が増えたな、悠太郎くんはもう家族の一員なのだから、自分のことは本当の父親だと思ってほしい、と言いながら、おれがグラスに口をつけるたびにビールを何度も注ぎ足してくれた。

　ちさとの家が金持ちだから、結婚したわけじゃない。けれど、結果として、ちさとと結婚している限り、おれも、おれの子どもも、多分、一生食うことには困らない。おれの子どもは、母親の帰宅を待ち続け、空腹に負けてインスタントラーメンをそのままかじるような子どもには絶対にならない。食うことに絶対に困らない、という親の余裕が、ちさとのような純粋無垢な子どもをつくるんだ。いいことじゃないか。この結婚にはどこにも悪いことなんかない。結婚を決めたものの、自分が選んだ椅子の座り心地にどうしても慣れないおれは、自分の気持ちを無理矢理頭で納得させようとしていた。

結婚と同時に、ちさとは雑貨屋のバイトをやめ、実家の手伝い（その手伝いが具体的にどんなものなのか、ちさとに聞くと、うちが持っているマンションやアパートの管理がいろいろ大変なの、とまじめな顔で言った）をするようになった。

結婚から二年がたって、勤めていた建築事務所があっけなくつぶれた。今まで忙しすぎたから少しのんびりすればいいんだよ、というちさとの言葉に耳を貸さずにすぐに次の職を探した。不景気という重苦しい空気は、思っていた以上にこの国を厚く覆っていて、三カ月たって、やっと決まったのは、格安の組み立て家具を売るメーカーのショップコーディネーターだった。おれは横浜のニュータウンにある店のキッチン部門に配属された。

カタログを持って建築士がやってくる。キッチン全体はこんな雰囲気で、シンクはこんなサイズで、という注文に合わせて、見積もりとＣＡＤで作成した設計図を渡す。そのくり返し。難しいことは何もない。ちさとには売り場に出ることはない、と話していたけれど、実際は店にやってきたお客さんの対応もする。どちらかといえば、そちらがメインの仕事になることが多かった。これは自分がやりたい仕事じゃない、と考えるスイッチをおれはオフにした。だけど、ちさとを食べさせるために働くんだ、と考えることもできなかった。実際のところ、ちさとは家の仕事を手伝うという名目で実家から給料をもらっていて、おれの給料は、ちさとがもらう給料よりもほんの少し多いだけだった。

「ネジが合わなくて、キャビネットが完成しないの」

ある日、売り場の電話をとると、抑揚のない若い女の声がした。お客さんからのクレームの電話はクレーム処理係のほうですべて受けているはずなのに、なぜだか売り場のほうに直接かかってきた。

組み立てサポートというサービスを利用しない限り、ここで売っている家具はすべてお客さんのほうで組み立ててもらう。その分、値段も安くなっている。万一、パーツが足りなかったり、傷がついていたりするときは、お客さんに店に来てもらうことになっているのだ、と伝えると電話がいきなり切れた。

翌日も同じ電話がかかってきた。「明日までに完成しないと困るの」と再び、感情の伴(ともな)わない声でくり返す。なかなか電話を切ることができないので、「少々お待ち下さい」と電話を保留にして、直属の上司にあたるマネージャーの等々力さんに相談すると、「ネジ、郵便受けにつっこんでさっさと帰ってこい」と、パソコンの画面から目をそらさずに言った。

女の家は店から歩いて十分ほど、国道から一本道を入った高台にあるマンションだった。郵便受けにネジの入った封筒を入れようとしたのだけれど、チラシや郵便物であふれかえっていて、なかなか入れることができない。留守電になっていますようにと念じながら、女の携帯に電話をすると、すぐに女が出た。「組み立てに来てくれたんでしょ」目の前にあるオートロックのドアが開いた。おれは封筒を手にしてエレベーターで八階に上がった。

805号室のドアを女が開けた途端、丸く膨らんだコンビニエンスストアのゴミ袋が外の廊下に転がっていった。すみれ色のタンクトップに薄い水色の七分丈のパンツをはいた女が、何も言わずゴミ袋を素足のまま踏みしめながら、廊下の奥に進んでいく。シャワーから出たばかりなのか、鎖骨のあたりまで伸びた髪が濡れて、モスグリーンのタオルが肩にかかっていた。脱いだ靴を置く場所がないのでゴミ袋の上に乗せ、部屋に入った。

南向きのリビングに、段ボールの束と、キャビネットをつくるための棚板や、ガラスの扉や、ネジの入ったビニール袋が窓からの春の日差しを浴びていた。組み立て途中だとばかり思っていたキャビネットは、まったくの手つかずで放り出されていた。

「電話でもお話ししましたけど、組み立てはお客さまご自身にやっていただくことになっているんです」

「この説明書がそもそもわかりにくいよ。日本語もおかしいしさぁ」

女の薄茶色の瞳が、窓からの日差しでビー玉のように光る。女はぶつぶつ言いながらキッチンに入っていった。視線を向けてはいけないと思いながらも、ソファや床の上に散らばる、派手な下着や雑誌、ビールの空き缶が目にはいった。

「有料の組み立てサービスというのがありますから、そちらを利用していただけますか？」

携帯を出して番号を押そうとすると、いつの間にかおれのうしろに立っていた女がおれの手から携帯を奪った。

「明日、彼氏のご両親がここに来るの。大事な息子がつきあっている女がどんなやつなのか見にくるの。だから、明日までにこの部屋をきれいに片づけないといけないの。ゴミを出したり、掃除したりね。あんたのところの組み立てサービスはいつまでたっても電話がつながらないじゃない。これをここに置いたまま、大切なご両親に会うわけにいかないの。あそこの店員さんなら、こんなの一時間もかからないでしょ。頼むから。お願い」

店員さん、という言葉に少しだけひっかかりながらも、手を合わせて、おれの顔を見上げながら言う女の口調に、おれは母親の口調を思い出していた。今月、少しだけ都合がつかないかしら。頼むわ。お願い。やさしげにそんなことを言う女に、何を言っても無駄なことは十分知っている。自分の要求を断れない相手を、こいつらはすぐに見抜くから。

おれは何も言わずにキャビネットを組み立て始めた。わかりにくい説明書を見ながら。わきの下に汗をかきながら。組み立ては、思いの外、難しかった。その間、女はキッチンでなにかを飲んだり、スナック菓子のようなものをつまんだりしながら、鼻歌を歌い、シンクを洗い、口笛をふいて、換気扇を磨き、雑誌や新聞をひもでくくった。やっとの思いで、キャビネットが完成したとき、もう夕方に近かった。背中に汗が流れていく。屈めていた腰を伸ばすと、にぶい痛みが走った。キッチンを見ても女の姿がなかった。廊下に出て、右側にある閉じられたドアをノックして、すみません、と声をかけた。返事はなかった。ドアの前に立ったまま、一度だけ、長く息を吐いた。おれは、段ボールを畳み、ビニール袋や小さなゴミをまとめ、それを手にしたまま、ゴミ袋の上に置かれた靴を持ち、玄関のドアを開けた。廊下で靴をはいていると、体中の汗が一瞬で冷えていった。

そのあとも、女は時折店にあらわれては、パスタレードルやマッシャーといったキッチングッズを買って帰っていった。売り場にいるおれと目が合いそうになると、わざとらしく視線を外し、足早にその場から立ち去った。この前、部屋で見たときは、おれよりもかなり年上だとばかり思っていたけれど、仕事帰りなのか、しっかり化粧をして、グレイのコートを着た女は、なぜだかとても幼く見えた。

「外のファミレスで待っているから」

女の部屋に行ってから一カ月後、閉店間際の店にやってきて女が言い、去っていった。

「おむすびころりんだな」

そばにいた等々力さんが、おれの腰をぎゅううううっとつねって言った。

「どういう意味ですか？」

痛みに体をよじりながら聞くと、

「おむすびは絶対におじいさんの手から転がって、絶対に穴に落ちるんだよ」にゃははと笑いながら、等々力さんがずんずんと大股でロッカールームのほうに歩いて行った。

夕食どきだというのに、がらがらのファミレスの一番奥まった席に女がこちらを向いて座っていた。おれの姿を認めると、表情を変えずに、右手を上げて、ひらひらと振った。脱いだコートを畳みながら、「うまくいったんですか？」と聞くと、何が、という顔をして女がおれの顔を見て、コーヒーカップに口をつけた。

「このまえ……、彼氏の、ご両親が来たんでしょ」

あぁ、と気の抜けたような返事をして、カップの縁を親指でこすった。

「別れてくれって話ね。うまくいったわよ」

おれが女の顔を見たまま黙っていると、「何か食べる？」と女がメニューを出した。

ファミレスに来るのは久しぶりだった。ちさとが毛嫌いするファミレスのメニューがぎらぎらと目に映り、腹が鳴った。ハンバーガーとフレンチフライを半分以上残してしまったおれとは裏腹に、女はかき揚げうどんとねぎとろ丼のセットを瞬く間に食べ終え、さらにきびなごのサラダを追加した。「やっぱり少し飲まない？」と、おれの返事を待たずにテーブルの上のブザーを押し、ジョッキのビールを二つ頼んだ。

「生まれや育ちが気にくわないと言われたら反論できないもんね」

女はジョッキ二杯のビールでべろべろに酔っぱらってしまい、おれは女に肩を貸してタクシーに乗り、部屋まで送っていった。等々力さんに言われるまでもなく、おれだってわかってた。穴があったら、おにぎりが落ちるしかないってこと。おにぎりを追いかけて自分から穴に落ちていくのがおれだってことに。

玄関のドアが閉まる音がすると、暗闇のなかで女がおれの首に手を伸ばした。かさかさした女の唇にふれた瞬間、生温かい舌が小さな蛇のように口のなかにするりと入りこんでくる。おれも女も乱暴に靴を脱ぎ捨て、女に腕を引っ張られるまま、真っ暗な寝室のベッドに倒れ込んだ。女のスカートをたくしあげ、ストッキングと下着を乱暴に剥いだ。指を入れると、女が鳴き疲れた子猫のような声を出した。女のなかはすでに熱くとろとろに潤っていて、そのことに興奮したおれは、指を引き抜いてすぐ、一気に挿入した。自分の口に手をあてて女が腰を反らせた。カーテンのすき間から漏れる街灯の明るさで、女のあごの下に小さなほくろが見えた。

「なんていう名前？」

奥深く挿入したまま腰を動かさずに名前を聞くと、女は小さな声で、マリモ、と言った。両親が阿寒湖に行ったときにできた子どもなんだって。ばかみたいでしょ。でも本名なの悲しいことに。話を聞きながら腰を使って一度、強く突き上げると、すぐにいっちゃいそう、と、女が泣きそうな声で言った。女の右腕が伸びて、おれの左の乳首を強くつまんだ。女の子宮のなかには誰もいないし何もない、ということに、おれはひどく興奮し、腰の動きを止めることができなかった。女は自分の左手の親指とひとさし指の間を強く嚙んでいた。その手を外すと絶叫のような声が漏れた。あわてて左手で女の口をふさぐと、かちり、とおれのくすり指の指輪が女の歯にあたる音がした。

固くとがっているはずなのに、女のなかでおれの性器の輪郭は消えてなくなって頭がどうにかなりそうだった。いきそうになる直前に引き抜き、女の腹の上に射精した。息が上がって、激しい鼓動のせいで全身がふるえていた。女の横にあおむけに転がる。しばらくすると女が顔を上げ、自分の腹の上を見てくすりと笑った。すごいねこれ、水たまりみたい。だけど、なかで出してくれてよかったのにピル飲んでるから。そう言いながら、女はとてもまじめな顔をして、ティッシュの箱からたくさんのティッシュペーパーを引き抜き、腹の上の精液をていねいにぬぐった。

午後一番でなじみの建築事務所に渡す見積書のチェックをしていると、等々力さんが肩をたたいた。

「飯行くか？　いい店見つけたから」

今年で五十歳になる等々力さんは大手の建設会社の有能な建築士だったのに、あまりの忙しさに鬱（うつ）病になって、この会社に転職してきた人だった。おれの部下には絶対に残業をさせないし、残業しているところを見つけたら窓から放り出す、というのが口癖で、口は悪いけれど、おれや後輩の社員の面倒をよく見てくれた。

等々力さんが連れて行ってくれたのは、開発が遅れ気味の駅の向こう側にある、小汚いとんかつ屋だった。ほこりっぽい暖簾（のれん）をくぐって店に入ると、歩くたびに靴の裏が床にぺたぺたと張りついた。テーブルはなく、客は全員カウンターで立って食べる。店の中は男の客で満杯だった。熱いほうじ茶を飲みながらしばらく待つと、ぶあついとんかつの乗った皿が目の前に置かれた。

「嫁は元気かよ」

隣に立つ等々力さんがとんかつと山盛りのキャベツにソースをぐるぐると回しかけながら言った。はい、と言いながら、一切れつまんでかじると、かりっとした衣の奥から、肉汁がこぼれ出てくる。食べている最中なのに、唾液が口のなかにたまった。

「妊娠中に浮気するなよ」

とんかつをかじった直後に白飯を口に放り込んだ等々力さんが、くぐもった声で言った。

「してないっすよ」

「してもいいから、ばれないようにやれよ」

慌てて味噌汁を一口飲むと、思いの外(ほか)熱くて、あわててお椀を唇から離した。

「女はさ、産んだあとがいいんだよ。だから浮気してもさ、離婚とか考えるなよ、どうせ遊びだろ」

「……いいって何がいいんすか」

「ぜんぜん違うんだよ。なかの感触とかがさ。快感がめくるめくんだよ。だから我慢しろよ。あ、キャベツおかわりください」

カウンターの向こうの三角巾をつけたおばさんが、等々力さんの皿に手づかみでキャベツをのせた。

「女にとっても男にとっても、産後のセックスがよくなるのは、ごほうびみたいなもんなんだってよ。だから夫婦で協力してつらい子育ても、過酷な住宅ローンや教育ローンの支払いも乗り越えていけるらしいぜ」

「まじすか」と言いながら、おれはそのめくるめく快感を想像しようとした。頭に浮かんで来たのはちさとじゃなくてマリモだった。

「おれが嘘言ったことあるかよ。しかし、これうまいな。だけど、今日はおごらないよ」

等々力さんが割りばしで、茶碗の内側についた飯粒をこそげ落として口に入れた。

「わかってますよ。だけど、等々力さん、奥さんが毎日弁当持たせてくれてるでしょ。こんなとこでとんかつ食べてて怒られないんですか」

「下田にやったよ。あいつ、家のローンで昼飯代もけちってんだから。感謝されまくりだよ」

おれはあっという間に食べ終え、白飯をおかわりした等々力さんが食べ終わるのをほうじ茶をすすりながら待っていた。

「めちゃくちゃうまかったです。とんかつ久々で」

「嫁はつくってくれないのかよ」

家で揚げ物を食べたのは多分、思い出せないくらい昔のことだ。おれが黙っていると、

「ま、嫁に胃袋つかまれたら終わりだからな。女はだいたい食べ物で家にしばりつけるか

ら。嫁のつくるもんなんて、腹六分でいいんだよ」

「なんで六分なんですか」

知るかっ、と言いながら、等々力さんは素早くズボンの尻ポケットから財布を出し、おれの分まで払ってくれた。ごちそうさまでした、と頭を下げると、「嫁からパパとか呼ばれても我慢すんだぞ」と、おれの肩を叩き、「浮気でもしっかり避妊しろよ」と言いながら、おれの腕を右手で強くつまんだ。してないっすよだから、というおれの返事を聞かずに、等々力さんは、赤信号に変わる直前の横断歩道を小走りで渡りはじめる。道のこちら側に取り残されたおれを見て、等々力さんはにやっと笑い、おれを待たずに大股で歩いて行った。


妊娠がわかってから、ちさととは一回もセックスしていない。

「怖いから」というのがその理由だ。「また、流産しちゃうかもしれないから」と言われたら、それ以上、反論はできなかった。けれども、残酷なほど正直に言えば、おれはちさとの体に欲情しなくなっていた。浴室のドアのすき間から、ちらりと見えるちさとの体におれはおののいた。日に日にでかくなっていく腹や乳房、黒々とした乳輪。妊娠前はガリガリにやせて、少年のような体だったのに、いつの間にか、腰骨が張り出し、尻がでかくなっていった。生命力を漲らせて、日々、母親の体になっていくちさとの体を直視するのが怖かった。

「しぐれ」

「音の響きがいまいち」

「きう？」

「どういう字をあてるの？」

「しゅうう？」

「なんだか消えてなくなりそう」

二人でソファに並んで座り、ぼんやりテレビを見ながら、ちさとが『雨の名前』という本をめくり、子どもの名前になりそうなものを読み上げた。男の子か女の子かは、生まれたときの楽しみにしておきたいから、というちさとの希望で、男女それぞれの名前を考える必要があった。

「うわっ、今すごい動いたよ。触ってみて」

突然、ちさとが大きな声をあげた。ちさとがおれの手を取り、自分のおなかの上に置く。ぷるぷると振動するような動きを感じたあと、手のひらを勢いよくトンと蹴られた。驚いて、思わず手を離したおれを見て、ちさとがおなかに向かって笑いながら言った。「しょうがないパパだねー。たいちゃん」いつからか、ちさとはおなかのなかの子どもをたいちゃんと呼ぶようになっていた。胎児のたい……なのだそうだ。

「たいちゃんにはおなかの外の音もしっかり聞こえているんだよ。何か話しかけてみて」

そう言われて、かたまったままのおれをちさとがじっと見ている。

「何でもいいんだよ。こんにちはー、とか」

おなかのそばに口を近づけたまま、おれはどうやっても話しかけることができずに黙っていた。ちさとの皮膚や脂肪や筋肉の向こう側にいる誰かに。つけたままのテレビから、けたたましい笑い声が聞こえてきた。頭の上で、いつもよりやや低いちさとの声がした。

「ほんとに悠ちゃんパパになれるのかな」

見上げると、ちさとの目に涙がたまって、今にもこぼれそうになっていた。

「両親学級に行っても、ほかのパパたちみたいに熱心じゃないし。名前も考えてくれないし。なんか悠ちゃん、たいちゃんにあんまり興味がないみたいだね」

頬に涙の筋を残したまま、ちさとのこめかみに青い血管がうっすらと浮かんでいた。ごめん、と小さな声で言ったものの、おれは何に対してあやまっているのかわからなかった。もういいよ、とちさとは大きな腹を抱え、リビングを出て、寝室に入っていった。何がもういいのかも、おれはわからなかった。

ソファにぐったりと体を横たえて、天井を見た。だらんと腕を伸ばすと、指先に何かが触れた。ちさとが毎月読んでいる妊婦向けの雑誌だった。つまみ上げて、ぱらぱらとめくった。妊娠中のセックス、という文字が見えて指を止めた。「妊娠中にしてもいい体位・してはだめな体位」がくわしく説明されていた。正常位○、向かい合った形の側臥位○、後ろからの側臥位○、フェラチオ○、女性上位×、バック×。腹のでかい妊婦と、曖昧な表情でほほえむだんなのイラストを見つめていたら、なぜだか心底悲しくなって、何かが絶対に間違っている気がした。

つけっぱなしのテレビを消すと、遠くでかすかにカミナリの音がした。立ち上がって窓の外から公園を見た。突然の春の雨に慌てた大人や子どもが、四方八方に散っていくのが見えた。こんな雨降りの週末には、マリモは何をしているんだろう、とほんの一瞬だけ考えて、カーテンを乱暴に閉めた。

「適当な仕事するなよ」

うちの商品を頻繁に使ってくれている建築士の男が怒鳴り込んできたのは、閉店間際のことだった。毎回、男が設計を手がける集合住宅のために、商品を大量に購入してくれる、うちの店にとってはいわば大のお得意さんだった。すでに納品が済んでいた二十世帯分のシステムキッチンについてのクレームだった。施工業者からシンク下の扉のサイズが合わないと、電話がかかってきたのだそうだ。普通は、発注を受けてから図面を渡すまで、一週間はかかる。けれど、納期が迫っているからとにかく明日までに、と急かされた仕事だった。図面を渡したあとも、何度もキッチンのサイズや、指定したはずの商品が変更になった。商品の納期も急かされた。男が指定してきた扉は、色とデザインが特殊で、めったに出ない商品だったので、この店には在庫がなく、等々力さんが本社に頼み込んで、関東に点在する店舗をまわって商品を集め、現場に直接、等々力さんとおれとで納品したのだ。

ＣＡＤの図面を広げ、「あんたがつくった図面の、ここのサイズがそもそも間違ってたんだよ」と、おれをにらみながら、男がひとさし指で机を叩いた。等々力さんが店にあった図面の控えを確認すると、確かにアイランド型キッチンの横幅が、男が指定したサイズよりも小さく仕上がっていた。

「とにかく、明日の夕方までにサイズの合った扉を用意してくれよ二十世帯分」

「本当に申し訳ありませんでした。早急に集める努力はしますが、正直に申し上げて、確実に用意できますというお約束がなかなか」男が等々力さんの言葉を遮った。

「こんな初歩的なミス恥ずかしくないの。あんたたち二人とも、一応、一級建築士なんだろ」

男がすごむようにおれと等々力さんを交互ににらんだ。しばらく間があって、等々力さんが口を開いた。できる限りのことはやってみます、と深々と頭を下げた。

男が帰ったあと、都内と幕張(まくはり)、宇都宮にある店舗に電話をかけて、商品を確保した。けれど、どうしてもあと三セット足りなかった。等々力さんがつたない英語で本社に確認すると、中国の工場からコンテナに船積みされて、こちらに着くまで最短でも二週間はかかるといわれた。

「アウトだな」まぁ、おれが明日の朝うまく話しとくから、と言いながら、等々力さんが椅子に座ったまま大きく伸びをした。

「本当にすみませんでした」と頭を下げると、今度やったらこれね、と言いながら、親指で首をかききるようなポーズをして、その親指を床に向かって下げた。おまえってさ、と等々力さんが缶コーヒーを飲みながら言った。

「すぐに顔に出るな。一応、建築士だって客商売なんだぞ。あいつの言ったことに相当むかついたんだろ」

「むかついてないすよ」

「……おれみたいな鬱あがりにはちょうどいいんだよこの仕事は。だけど、おまえみたいなのはさ……、いつまでもいるもんじゃないぞこんな店」

等々力さんは椅子から立ち上がり、おれに空になった缶を渡すと、早く帰れよ、と言いながら、廊下の向こうに歩いて行った。

建築士に怒鳴られたその日、どうしてもまっすぐ家に帰る気持ちにはなれずに、おれはマリモのマンションのエントランスにいた。マリモの部屋番号を押し、名前を告げると、返事がないままオートロックのドアが開いた。エレベーターで八階に上がり、鍵のかかっていないマリモの部屋のドアを開けた。足もとを照らす廊下の間接照明だけがついていた。寝室のドアを開けると、ベッドの上の掛け布団が盛り上がっていた。

生理の周期のせいなのか、マリモは月末になると不安定になった。そんなときは、マリモからの連絡はぷつりと途絶えた。会おうよ、と言うのはいつもマリモからで、おれから連絡をしたことも、突然部屋に訪れたこともなかった。

掛け布団をずらすと、汗のせいなのか涙のせいなのか、マリモの顔に髪の毛が糸のようにはりついていた。

「今日はしたくない」しゃくりあげながら、マリモが言った。

「しにきたんじゃないよ。顔を見に来ただけ」そう言うと、しゃくりあげる声が大きくなった。

「何か飲む?」と聞くと、マリモが、おみず、と子どものように言った。リビングに行って、いつもの癖でウォーターサーバーを探してしまってから気がついた。ここは自宅じゃないってことに。冷蔵庫を開けても、ミネラルウォーターらしきものが見あたらなかったので、蛇口から出た水を洗いかごに入っていたガラスのコップに注いだ。集合住宅の水道水がどんなに体に悪いかを力説していた、ちさとの声を思い出した。水を一口飲んでみる。味も匂いもしない、ただの水だった。

ベッドに起きあがったマリモの口もとにコップを持っていき、飲ませた。マリモのあごに垂れた水を、シャツの袖でぬぐってやると、またマリモが泣き出した。マリモは大きな音をたてて鼻をかみ、ベッドの横にある小さなチェストの引き出しから、ピルケースを取り出し、いくつかの錠剤を口に入れ、水で飲み干した。もうこれで眠くなるからだいじょうぶ、と言って、マリモはまたベッドに横になった。おれは掛け布団を肩まで引き上げ、「ベランダで煙草を吸ったら帰るから」とマリモに言った。寝室のドアを閉めようとすると、ありがと、と小さな声でマリモが言った。

「どうして泣いているのか聞かないでくれて。聞かれたから話したのに、そんなのこの世の中ではよくあることだよ、って言われたら、かなり悲しいから」

「不幸自慢するなよ、って言葉もかなり死にたくなるよね」

マリモの口調を真似て返事をすると、マリモは声を出さずにおれの顔を見て笑い、布団にぎゅっと顔をうずめ、また小さく肩を震わせた。

高台にあるマリモのマンションのベランダから、駅まで広がる住宅街を見下ろした。四月の終わりにしては暖かすぎる夜で、湿気をはらんだ風が強く吹いていたので、なかなか煙草に火をつけることができなかった。

ベランダから見える古ぼけたマンションの屋上に、誰かが取り込み忘れたのか、一枚の白いシーツがはためいているのが見えた。ここから聞こえるはずはないのに、ぱたぱたという音が聞こえてきそうだった。海底に棲むカラフルなイソギンチャクのようになめらかにうねるその布の動きを見ていたら、五歳の自分がまだあの雑居ビルの屋上で一人、歓楽街を眺めているようなそんな気がした。

寝室に戻ると、マリモがまるで死んだように深く眠っていた。マリモは自分のことをたくさん話さないし、おれのこともくわしく聞かない。秘密を打ち明けるように、もうすぐ子どもが生まれるんだ、と話すと、お祝いは何にしようかな、と笑った。マリモにとってそれがどんな重さと意味を持つのか、おれにはわからなかった。マリモが抱えている重そうな荷物を半分持ってあげようか、という勇気もおれにはなかった。だけど、世界中のどの場所よりも、周期的に不安定になるマリモのなかにいるときだけ、深く呼吸ができた。

息をするたびに体のすみずみに新鮮な酸素が満ちて、温かい血液が全身をかけめぐった。そんなことを思ってみたところで、おれは、妻が妊娠中に浮気している夫でしかないのだけれど。

横向きに眠るマリモの顔にはまだ十分に乾いていない涙のあとがあって、おれはそのあとをひとさし指で目じりから耳までゆっくりたどってから部屋を出た。

五月になって、ちさとは妊娠九カ月に入った。ゴールデンウィーク中は、ただでさえ店が混むのに、やたらに注文の多い建築士や、どんな提案をしても曖昧(あいまい)な表情で納得しない主婦がたて続けにやってきて、おれも等々力さんも昼食をとるひまもなかった。ぐったりと疲れた体で玄関のドアを開けると、大きな笑い声がした。

「おう、悠太郎くん。お疲れさま」

ちさとの父親がグラスにビールを注ぎながら大きな声を出した。その隣でちさとの母親が声を出さずに会釈した。

「今日ね、お父さんがうなぎとってくれたの。すぐ食べる?」

うん、もう少ししたらね、と返事をしながら、洗面所に行き、丁寧に顔と手を洗った。

リビングに戻ると、テーブルの上に大きな一枚の紙を広げて、ちさとの両親とちさとが頭をつきあわせている。おれの視線に気づくと、ちさとが顔を上げて言った。

「子どもの名前ね、私とお兄ちゃんの名前をつけてくれた有名な占い師さんに頼んで候補をあげてもらったの。見てみる？」

ちさとが指さした紙には、男女それぞれの名前が三個ずつ、黒々とした墨文字で書かれていた。「男ならこっちだな」と言いながら、ちさとの父親がひとつの名前を指さした。

「ええっ、これー？　金運がいちばんいいのはこっちだって言ってたでしょ」甘えた声でちさとが言った。いくらしたんですか？　という、おれのかたい声に、ちさとの両親とちさとがおれの顔を見た。

「その占い師にいくら払ったんですか？　高かったでしょう？」

三人の顔から少しずつ笑顔が消えていく。

「お金のことはいいんだよ悠太郎くん」ちさとの父親がグラスに少しだけ残っていたビールを飲み干して言った。その横顔を心配そうにちさととちさとの母親が見つめ、ちさとの母親が父親の持つグラスにビールを注ぎ足した。

「父親の意見がいちばんだからな。悠太郎くんはどれがいいと思う？」

テーブルの上に置かれた一枚の紙をじっと見つめてから言った。

「どれもまるでだめですね。ぜんぶだめです」

三人が表情のない顔でおれを見つめていた。おれはなぜだか、そんな表情に満足した気持ちになって、リビングのドアを乱暴に閉め、浴室に入っていった。

シャワーを浴びてリビングに戻ると、ちさとが一人ソファに座り、おびえたような顔をしておれを見上げる。テーブルの上にはさっきの紙が置かれたままだ。おれはその紙を丸めて、ゴミ箱に勢いよく放り投げた。

「悠ちゃんの意見を聞かないでごめんね。だけど、名前なかなか決めてくれないから」

ちさとが今にも泣きそうな顔でおれを見た。

「でも、なんだか悠ちゃん最近おかしいよ。……たいちゃんのことも可愛がってくれないし。お父さんだって悪気があったわけじゃないんだよ。初孫だし、楽しみで仕方がないんだよ。……今日だって、悠ちゃんのお母さんのこと、気をつかって何も言わなかったじゃない」

「おふくろ?」

「知らなかったの?」

「何のこと?」

おれの声の勢いに、ちさとがしまった、という顔をしてうつむいた。しばらく黙っていたちさとが口を開いた。

「……この前、悠ちゃんのお母さんに頼まれて。お金渡したのお父さん」

母親とはもう何年も連絡をとっていない。結婚式の招待状も宛先不明で戻ってきていた。

「なんで言わなかった」おれはちさとの肩をソファの背に押しつけていた。ちさとがおびえた顔でおれを見上げた。

「悠ちゃんはだって、お母さんのこと聞くと、いやな顔するじゃない。……それに、そんなにたくさんのお金じゃないんだよ。ほんの少しだから」

「なんでもそうやって勝手に決めるなよ！」

「大きな声を出さないで！　たいちゃんが聞いてるのよ！」

ちさとがおなかを手でおさえて怒鳴り、ソファにつっぷして泣きはじめる。ちさとの泣き声は次第に大きくなり、おれはどうしていいかわからないまま、ちさとの横にただ突っ立っていた。いつまでもしゃくりあげるちさとから逃げるようにしてシャツを羽織り、財布と携帯だけを持って部屋を飛び出した。商店街を抜け、井の頭通りに出てタクシーをひろった。行き先はどこでもよかったのだけれど、区役所まで、と思わず言葉が出た。

赤信号で止まっていると、何人かの小学生が小走りで横断歩道を渡っていく。目で追うと、リュックサックのNの字が反射したように光った。

「最近の小学生は大変ですねぇ。こんな夜遅くまで勉強して。昔の子どもならとっくに寝てる時間ですけどねぇ」と初老のタクシーの運転手がねぼけたような声を出した。そうですね、と気のない返事をしながら、おれの子どもも、ああいう子どもになるんだろうな、と思った。イタリア製のベッドに眠って、一生お金に困らない特別な名前をもらって、きれいな空気に満ちた素敵なおうちで大きくなるんだな。たいちゃん。銀の匙(さじ)をくわえて生まれてくるおまえとおれは、仲良くできるかな。

タクシーを降りて、すぐそばにあったファミレスに入ろうとすると、携帯が鳴った。ちさとの母親からだった。

「破水したみたいなの。荻窪(おぎくぼ)の病院にお父さんの車で向かったからすぐに来てくれる?」

ふだんはあまり感情を表すことのない義理の母の声は震えて、ほんの少しだけ怒っているようにも聞こえた。JRの駅前にあるタクシー乗り場まで歩いていこうとすると、また携帯が鳴った。見知らぬ電話番号を不審に思いながら立ち止まり、電話に出ると、横浜の救急病院からだった。

「中島(なかじま)マリモさんがこちらの病院に運ばれました。携帯電話にあなたの電話番号しか登録されていなかったので」落ち着いた年配の女性の声がした。薬物の過剰摂取で運ばれたこと、胃洗浄をしたのだけれどICUに入る必要があることを手短に説明された。できるだけ早めにこちらに来てほしいと言われ、わかりました、とだけ言って電話を切った。

再び駅に向かって歩いていくと、駅前広場の噴水の前で、地べたにあぐらをかいた一人のワカモノが、ギターをかきならして怒鳴るように声を張り上げていた。歌うワカモノと同じくらいの年齢のワカモノたちが真剣な顔をして立ちつくし、どこかで聞いたことのあるような生ぬるい愛の歌に耳を傾けている。そんなワカモノたちの間をすり抜け、歌うワカモノの前に置かれた四角い缶に、自分の携帯を投げ入れた。鈍い音がして、ワカモノがにらむような顔をしておれを見上げる。再び携帯が鳴った。ワカモノが歌うのをやめて、おい、と声を張り上げた。その声を無視して再び歩き出した。

駅の切符売り場で立ち止まり、路線図をしばらく見つめたあと、駅を通り越して、北に向かう大通りをまっすぐに歩いて行った。いつから降り出したのか、細かい雨が顔を濡らす。五月は始まったばかりだというのに、その雨はひどく冷たくて、気がついたときには、シャツがぐっしょりと濡れていた。こんな日に降るこの雨の名前を知りたかった。たいちゃんには、その雨にちなんだ名前をつけてあげようと思った。

記録的短時間大雨情報

鶏肉に小麦粉をまぶしながら、下腹がうずきはじめるのを感じていた。

頭のなかの男は、大きく開いた私の両脚の間に、かたく、尖(とが)ったものを、入れるそぶりをして、なかなか入れようとしない。男の先端はどちらのものかもわからぬ体液で濡れている。鍋に菜箸(さいばし)を突っ込むと箸全体に細かい油の泡がつく。温度はちょうどいいようだ。溶き卵にくぐらせ、パン粉をはたき、揚げ油のなかに鶏肉をそっと落とす。いじわるするように、男はその全体を使って私の突起の上でスライドさせる。じらされた私は腰を上げる。入れて、という言葉がどうしても言えない。白っぽい鶏肉が次第に黄金色に色づいていく。それを菜箸で裏返す。男の体の重み、汗、におい。そんなことを、学校帰りに塾に通う中学三年の息子が食べる弁当と、同い年の夫が会社で食べる弁当二つを作りながら、想像している。

キッチンの小窓から見える空は、梅雨(つゆ)の真最中とは思えない夏らしいくっきりとした青に染まっている。エアコンを入れていても、首に巻いたタオルに汗がしみていくのがわかる。

今日、やってくる義母のために、彼女が過ごす部屋にもう一度、掃除機をかけておこう。弾ける油の音の合間、つけっぱなしのテレビから、ゲリラ豪雨、という言葉が聞こえてくる。義母を迎えに行く時間帯に降られたらやっかいだな、と思う。銀髪で小柄な義母の姿を思い浮かべた途端、私の頭のなかの男は消えた。

君の裸を見ていたら萎えてしまった。と、ひどく残酷な言葉を残して。

菜箸で鶏肉を取り出し、ペーパータオルの上に置く。弁当箱に詰められた炊いたばかりの白米は、素早く冷ますためにダイニングテーブルの上で小さな卓上扇風機に吹かれている。気温も湿度も高くなってくると、弁当づくりもやっかいだ。白米を炊くときには、大きな梅干しをひとつ入れる。弁当箱を包むナプキンには、ケーキの箱に入っていた小さな保冷剤をしのばせる。

そんな心遣いに、彼らは気づいているでしょうか？

揚げたてのチキンカツと炊きたての白米が冷める間に、洗面所で丁寧に顔を洗う。

起きたときに水で顔を洗っただけだ。色むらのある皮膚。左頰の五円玉くらいの薄茶色いシミ。どんよりとした目の下のクマ。この前、染めたばかりなのに、生え際はもううっすらと白い。年齢を重ねれば重ねるほど、鏡を見なくなった。落胆するばかりだから。自分の顔が世間でどの程度かなんてわかっている。十人女がいれば、九番目か十番目。美しくない女は、年齢を重ねるほど、美しさから遠くなる。仕方のないことだとわかっていても、あきらめきれず、あがく自分がいる。ドラッグストアで買った化粧水をつけたあとに、パートのお金で、勇気をふりしぼってデパートで買ったホワイトニング用の美容液を、ぴちぴとシミの上に伸ばす。

　ばたばたと息子が階段を下りてくる音がする。夫に似て、すべての生活音が大きい。水の音がして、トイレから新聞紙を手にした夫が出てくる。こもったにおいが、廊下まで流れてくる。家族なのだから仕方がない。うんざりを通りこしたあきらめの気持ち。縁あって同じ家に暮らしているのに、私の、彼らに対する気持ちは驚くほど冷めている。家具や食器と同じように家族を見ている。その、自分の冷たさを、恥じる気持ちすら私にはもうない。それが、生活というものを維持していくあきらめなのだとわかっている。

　今日、そこに新しい人間が加わる。夫の母、義母がこの家で生活を始める。

　多分、時間をおかずに、私はまた、その煩わしさに慣れてしまう。

　連れてきた義母を私に引き合わせると、義理の姉は一刻も早くこの場所を立ち去りたいかのように踵を返して、ホームに続く階段を上っていった。

義理の兄に癌が見つかり、もう長くはないかもしれない、と聞かされたのは梅雨に入ったばかりの頃のことだった。抗癌剤などの治療はもはや効果がないらしい。痛み止めを使いながら、自宅で過ごしたい、と言っている。私はできるだけ付き添いたいと思っている。だから、同居している義母の面倒を見てくれないだろうか、と電話で話す義姉に、返す言葉はなかった。

「あとで聞いてなかった、と言われるのがいやだから、言っておくけど……」

そこまで言って、義姉はしばらく黙った。

「お母さん、最近、少し、ほんの少しだけど呆けてるのかな、と思うこともあってね」

いつまでお義母さんの面倒をこちらで見ればいいんでしょうね。その言葉を必死でのみこんだ。

そこまで言われても、私は義姉に対して、拒否を示すカードを持っていない。義姉の声は大きく、言葉にも迫力がある。初めて会ったときからそうだった。こちらに口を開く隙を与えないように、機関銃のように言葉を放つ。

電話の内容を夫に伝えると、予想通り、もちろん、と、即答した。けれど、実際に面倒を見るのは私だ。高校受験を控えた息子もいる。

「でも、それ以外のことはなんにも心配いらないの。なんでもできるのよ一人で。……タミコさん、パートしてるでしょ。お昼さえ用意しておけば、それだけでいいのよ。家に留守番が一人いると思えば、あなたも安心して仕事に行けるじゃない。なんにも手間はかからないわ」

まるでペットを譲り受ける話をしているみたいだ、と思いながら、話を聞いていた。ふいに、じゃあ、頼んだわね、と言われて、我に返った。話を聞いていますよ、という意味でうっていた、ええ、という相づちは、同意の意味だととられたようだった。まるでトラップを仕掛けられたみたいだ。けれど、いやです、と断って義姉に後々まで引きずるような反感を持たれるほうがやっかいだ。

そうはいっても、義母のことは嫌いではないのだ。義姉よりも、義母に対して、好意的な気持ちがある。髪も服も、いつも身綺麗に整え、老人特有の話のくどさもない。噂話と他人の詮索が大好きな自分の母よりも、人間として好きだった。一緒に暮らした経験がないから、いい面だけしか知らないせいなのかもしれないが。

目の前にいる義母は、レースのタンクトップにクリーム色の七分袖のカーディガンを羽織っている。顎のあたりで切りそろえた銀髪からのぞく黒パールのイヤリングと、ネックレスがよく似合っている。とても七十八には見えない。女子大で英文学を学び、地元に戻ったあと、その町で一番大きい造り酒屋に嫁ぎ、二人の子どもを産んだ。家事も、子育ても、使用人任せで、おれが子どもの頃は、訳のわからない英語の本ばかり読んでいたよ、と夫から聞いた。

会うのは二年ぶりだが、二歳年を重ねた、というよりは、若返っているようにも見えた。

「ほんとうにごめんなさいね。あなたにはご迷惑かけるわね」

そう言って深く頭を下げる義母の姿にいじらしい気持ちすらわいてきた。

駅を出て、タクシーを待つ列に並ぼうとすると、

「タミコさん、少しね、短い時間でいいのよ。デパート見ていいかしら。せっかく東京に来たんだもの」

私を見上げてそう言う。朝の晴天はどこに消えたのか、今にも雨が降り出しそうだ。テレビが告げていたゲリラ豪雨がやってくる前には、家に着きたかったが、子どもがおねだりをするような義母の言葉に、

「そうですね。もしよかったら、お昼もデパートで召し上がりますか」

と言ってしまう。昼食の用意はしてあったが、それは夕飯にスライドさせればいいか、と頭のなかでくるくると算段をする。

都心のデパートに足を踏み入れたのは、私も久しぶりだった。高い天井、商品を際立た

せる照明、自分が一生着ることがないだろう洋服を纏ったマネキン。その空間にいるだけでも、気分がどこか華やいでくる。平日のお昼前だというのに、店内は中高年の女性客であふれていた。

入口近くの、アクセサリー売り場で義母は足を止めた。ローズクォーツやアメジスト、自然石を使って作られたイヤリングやリングを、義母はひとつひとつ、手にとってじっくりと眺めた。そのうち、下腹がきゅっ、きゅっ、と収縮的に痛みはじめる。朝から、少しおなかをこわしていた。ふだんと違うことが始まるときはいつもそうだ。

「お義母さん、あの……トイレとかだいじょうぶですか？」

「ええ、さっき駅ですませたから」

「……私、行ってきてもいいですか？　混んでいたら、少し時間がかかるかもしれませんが」

「あら、もちろんよ。ここにいるから、どうぞごゆっくり」

義母は私を見ずに、手にしたブローチをカーディガンにあてている。ここから絶対に離れないでくださいね、と何度もそう言い、小走りで洗面所に急いだ。一階の奥にある女子トイレは個室が三つしかなく、なかなか列が進まなかった。並んでいるうちに義母がいなくなったら、と思ったが、腹痛は止まない。やっと空いたトイレに入っても、なかなか外に出ることができなかった。

ハンカチで手を拭きながら、義母の姿を探す。アクセサリー売り場にはいなかった。胸が波打つ。化粧品売り場、靴売り場、バッグ売り場を探しながら、自分が汗をかいていることに気づく。案内所で放送してもらおうか、と近づくと、そばのベンチに義母がいた。

「私、捨てられたかと思っちゃったわ」と笑う。背中にどっ、と汗が出るのを感じた。

「冗談よ」

すぐにそう言い直して、細いピンクのリボンの巻かれた小さな箱を私に差し出した。

「あなたにごやっかいになるのだもの。これで許してちょうだいな」

そう言って小さく笑った。なぜだかそのとき、自分は世間知らずの若い男で、年上の性悪女に騙されているような、そんな気がした。

翌日から、夫、息子、私、義母の分、お弁当を四つ作る生活が始まった。

「掃除くらいはしておくわよ。あとのことはあんまり期待しないでね」

義母は、そう言って、門の外まで出て私を見送ってくれた。

隣町のスーパーマーケットのレジでパートを始めて五年になる。もう少し時給のいい仕事を、と思いながらも、手に職のない主婦ができる仕事は数えるほどしかない。親の反対を押し切って、無理して四年制の大学に行ったのに、行き着いたところはパートで小金を稼ぐ主婦だった。国文学など学んで何の役に立ったのか。高卒でも短大卒でも同じだったんじゃないか、と思う。大学の同級生たちも似たりよったりだった。

結局、トサカのように前髪を立てて、肩パットの入ったスーツを着て、会社から六本木までタクシーを飛ばしていた頃が、私たちの人生のピークだったのかもね。たまに電話で話をすれば、自嘲するような、そんな話しか出てこない。皆、昔話ばかりする。結婚をして、子どもがいればまだいいほうかもしれなかった。独身で働きつづけている友だちは、もれなく体をこわしているか、老親の介護に頭を悩ませていた。

パートのなかでも古株になってきたせいで、入れ替わり立ち替わりやってくるアルバイトの指導を任せられることも多くなった。レジの仕事は慣れてしまえば、難しいことなど何もない。すっかり仕事を覚えてしまうと、その退屈さに耐えかねて、やめていく学生も多かった。けれど、近くに大学がいくつかあるせいで、誰かがやめてもすぐに人は補充された。

遅い午後、休憩室でお弁当を広げ、水筒に入れてきた冷たい麦茶を飲んだ。

「また、すごいのが入ったって」

「見た見た」

「食っちゃうか」

「またまたぁ」

「でも、たまにしか来ないんだよねぇ」

女たちの下卑た笑いが背中のほうから聞こえてきた。この職場で古株の主婦パートが、学生のアルバイトとできてしまう、というのは珍しいことではなかった。二年前には、そういう関係になってしまった主婦パートの夫が、職場に乗りこんできたこともあった。

大学生といえば、自分と二十歳以上年齢が離れている。男子学生を指導していても、自分の息子と同じような視線でしか彼らを見られなかった。そうは思っていても、彼らのパーツは鮮烈な印象を残して私のなかに蓄積された。若い手、その表面に浮かび上がる新鮮な血液を体じゅうに届ける若い血管、白い首筋。

それらを収集しては、使った。自分の妄想のなかで。自分の欲望を放つときに。

実際に彼らと交わろうとする勇気などどこにもない。彼らのほうこそ、私を女、という目では見ない。けれど、そう思うたび、私はいつから、女、というラベルを剝がされたのだろう、と思ってしまう。

大学に入る前は、男女の差などないのだろうと思っていた。最初の大きな落胆は、会社に入って、女子だけがひどく格好の悪い制服を着せられ、お茶くみをさせられたことだ。

ばりばりと仕事をしていた女の先輩は、皆、男のようだった。男に同化するように体と心をすりつぶすように働いていた。仕事はしたいけど、女を捨ててまで、あぁはなりたくないね、と噂しあった。男と同じ扱いをされないことに腹を立てていたのに、私は自らすんで、満身創痍で働き続ける同性の先輩たちの敵にまわったのだった。

ほかの女子社員たちと同じように、結婚を機に退社した。もしかしたら、私が女として生きたのは、初めての恋人ができた大学一年のときから、三番目の恋人である夫と結婚するまでの、短い間だったのかもしれなかった。すぐには子どもができず、三十を過ぎて、やっと授かった息子を産んだあとは、もう、誰からも、母、としか呼ばれなくなった。「作哉くんのお母さん」それが私のラベルになった。恋も、性も、子どもを産んだ瞬間に、私からは永遠に剝奪された。夫は恋人ではなく、家族だ。力のない二人が世の中で生きていくためにチームを組んだのだ。結婚とはそういうものだ。初めて誰かにそう聞かされたときは違和感があったはずなのに、今ではその言葉で自分を納得させている。夫に情はある。確かにあるけれど、恋はない。夫に性を与え、つかの間の休息をとれるように、家を整えた。

夫は、私が供給する食事と、性を燃料に、仕事を続け、その給金で、私と息子に生を与えた。そうやって時間が過ぎていくなかで、夫は性を私に向けなくなった。夫はどこでそれを解消しているんだろう、と思いながら、私はその想像を、頭の外に追いやった。私と夫の間には、恋だけでなく、性すらほとんどない。そして、そのことを寂しい、とも思わなくなって、もう何年も経っていた。

休憩室の女たちが噂している学生は、今日はいないようだった。

午後五時までの仕事を終え、パート割引で食料品を買い、慌てて自宅に帰る。

「お義母さん。ただいま、帰りました」声をかけても返事はない。

エアコンの効いたリビングに入ると、ソファに座ったまま義母がうたた寝をしていた。起こさないように、そっと、食料品の詰まったビニール袋をキッチンの床に置く。義母のために用意した弁当箱は、きれいに洗われ、洗いかごの中に置かれていた。

足音をしのばせて義母の部屋に行き、押し入れを開けて、ガーゼのタオルケットを出した。座卓の隅に、昨日、義母が手にしていた小さな手提げが置かれ、中身がこぼれている。ポケットティッシュやハンカチにまぎれて、小さく光るものが目に入った。なんだろう、と思いながら、手に取った。昨日、デパートで義母が見ていた自然石を使ったブローチだった。小さな紙の値札が糸で結ばれている。ちくり、と、胸の一点をまち針で刺されたような気がした。いや、口の開いた手提げに陳列台からこぼれ落ちたのかもしれないし。見なかったことに、気づかなかったことにしてしまえばいいのだ。そう思いながら、ブローチを手提げの奥深くにしまう。手がかすかに震える。そうしながら、小さくて、黒い芽のようなものが、自分のどこかから生まれてきたことを、私ははっきりと認識してしまう。

「もう、これ、お皿が粉々よ。ちゃんと包んでくれないから」

私の前のレジで柏木（かしわぎ）君がずっと叱られている。皆が噂している学生アルバイトだ。けれど、自分のレジの客足が途切れず、助け船を出すことができない。客をさばきながら、ちらちらと目をやる。

「すみません。ほんとにすみません」と、体を折り曲げるようにしてあやまるが、六十代くらいの女性客は許す気配がない。女性客のうしろに並んでいた数人の客も、あまりの列の進まなさに、ここでは無理、と判断したのか、うんざりした顔で私のほうのレジに並び始めた。

なんとか客が途絶えたところで、前のレジに向かった。

「まことに申し訳ありません。こちら、商品をお取り替えしますので。……柏木君、これと同じの、持ってきてくれる」

私がそう言うと、柏木君は、スニーカーをきゅっ、と鳴らしながら、陳列棚のほうに走っていった。

「お怪我はありませんでしたか？」そう言っても、女性客はぷい、と顔を横に向けたままだ。いつもは簡単に巻く梱包材を、三重に巻く。レシートを処理し、客に渡した。こちらの責任ですので、お代は結構です。そう言うと、あらぁ、いいのぉ、と笑いながら、商品の入ったビニール袋を奪うようにして、瞬く間にどこかに消えた。

「ほんと、すみませんでした」そう言って柏木君が頭をかく。

「三カ月に一回は来るからねあの人」言い終わらないうちに、すみませーん、と呼ばれた。自分のレジに人が並んでいる。柏木君のレジにも人がやってきた。商品と人をさばきながら、柏木君の仕事を見た。手際は悪い。スピードもいまひとつだ。パートを管理する上司には、彼のサポートを頼まれていた。仕事ぶりを見ているのだ、と自分に言い聞かせながら、着けているエプロンのなかで泳ぐほどに細い後ろ姿を見ていた。清潔感のあるその背中を。

ふいに柏木君が振り返り、助けを求めるような目でこちらを見る。目の前にいる客の会計をすませ、近づく。柏木君の前に一人の中年男性が立っている。

「領収書は、どうすれば……」おどおどした目で柏木君がこちらを見る。

「あ、申し訳ありません。一階のサービスカウンターで承っておりますので、そちらでお願いできますか」そう言うと、声を出さずに頷き、男性は去って行った。

「おれ、なんか、なにもかもだめっすね」しょげたような顔で柏木君が言う。

「入って一週間くらいなら当たり前でしょ」

息子をなだめるような口調になった。子育てと同じだ。励まし、自信を持たせ、なんの問題もない、今にできるようになるから、と言い続ける。アルバイトの男子学生に接するときは、いつもそうだった。男の子は女の子よりも繊細なのです。息子を妊娠中に読んだ育児書にそう書いてあった。初めての子育てで、遠方に住んでいる母親に頼ることもできず、育児書の一ページ、一ページを舐めるように読んだ。

男の子の自尊心を損なわないように。母親の言葉で傷つけることのないように。息子への態度が、いつのまにか、夫に接するときも同じになった。機嫌を損なわないように。彼らがいつも機嫌良く過ごせるように。

ほんとうにそれでよかったのかしら？

「すみません。おれ、甘やかされるとだめなんで。びしびし叱ってください」

それもまた、甘えだ、と思わないほど、この人は若いのだ。見上げると、柏木君の顎にそり残しの鬚（ひげ）が見えた。白い滑らかな皮膚を突き破るように顔を出しているその黒い点に若い生き物としての勢いを見た。

そのとき、ふいにおなかのなる大きな音がした。見上げると、柏木君の顔がみるみる赤くなっていく。

「バイトの金、入るまで金欠で……」言っているそばからまた、おなかがなる。

次の休憩は柏木君と同じ時間にとることになっていた。午後二時を過ぎて、すでに三割引になっている弁当や菓子パン、牛乳を買い、それらが入ったビニール袋を柏木君に渡した。驚いたような顔で私を見る。

「なんでもいいから食べなさい。そんなんじゃ、田舎のお母さん心配するわよ」

母の立場で、ということを強調したかった。休憩室にはまばらに人がいるだけだった。噂好きのグループも今日はいない。安心して柏木君の斜め前に座った。自分は家から持ってきた弁当を広げた。

「すみません……バイト代、入ったら返します」頭を下げながらも、勢いよく、柏木君は自分の口に食べ物を放り込み、よく嚙まずに飲みこむ。獰猛な食欲に、食べるという行為が追いつかないのだ。息子と同じだ、と心のなかで苦笑する。

「大学で、何、勉強してるの？」

「あぁ……えっと、工学部のナノサイエンス学科っていうところなんですけど……ナノサイエンスってわかります？」

「ううん、まったく」笑いながら言うと、

「ですよね」と柏木君も笑った。

「知りたいですか？」

「ううん、ぜんぜん」

「ですよねー」言いながら、菓子パンを牛乳で瞬く間に飲み下した。

ふいに大学の学食にいるような気分になった。クリーム色のプラスチックのカップ。揚げ物ばかりのA定食。授業をサボって見に行った名画座の三本立て。けれど、柏木君の目の前にいる私は大学生ではなく、子持ちの疲れた既婚者だ。洗面所の鏡で私が毎日見ている情けない顔を、柏木君が見ているのかと思うと情けない気分になってくる。

たるんだ肉のない顎のシャープなラインとか。頭蓋骨の形に張り付いたような薄い透明感のある皮膚とか。濁っていない白目とか。若さとはなんと残酷なものなのだろうと思いながらも、柏木君のパーツを私の目は記録し続ける。


雨上がりの道の向こうから、双子用のベビーカーを押す若い母親がやって来た。ベビーウエアからのぞく剝き出しのむちむちの脚がかわいい。七カ月か、八カ月くらいだろうか。雨の続くこの時季に、双子の乳児と家に閉じこもっているのは大変だろうな、と想像する。

ふと思い出したのは、二年前に初産で双子を産んだ大学時代の同級生のことだ。

「不妊治療とかしてたの？」

年齢的に考えれば、当然そういうことだろう、と遠慮なく聞いてしまった私に、

「ううん、なんにも考えずに普通にしてたらできちゃったの」

弾んだ声で同級生はそう答えた。バツイチで、再婚相手は十歳以上年下だと聞いていた。普通にしてたら。そう無邪気に答えることのできる彼女にかすかな嫉妬を覚えた。高齢出産で、しかも双子で、さぞかしやつれた母親になったんだろう、と残酷な想像をしていたのに、その翌年にもらった年賀状に写っていた彼女は、とても私と同い年とは思えないほど若く、輝いていた。

このまま夫と、性的に没交渉になったまま、死んでいくのか、と思うと、それはそれで仕方ないか、と正直思う。でも、別の男だったら。

別の男とする可能性もゼロだとしたら、それはそれで寂しい、と思うのだ。

息子を産んで、二年後に一度、流産した。同じ年の暮れ、夫の会社がつぶれ、転職をした。給与は三分の二になった。家のローンや、息子の教育費のこともあった。夫の実家は確かに裕福だが、夫と私にはまったく関係のないことだった。先代から引き継いだ土地や財産を義姉は自分の腕のなかだけで管理していた。体が元の調子に戻った頃、私はパートに出るようになった。ぼんやりと考えていた息子の私立中学の受験もあきらめた。とにか

く平穏に毎日が過ぎていけばいい。夫や子どもが健康でいさえすればいい。それすら大きな望みだと思っていたし、その望みを叶えるためにはそれなりの対価が必要だろうと考えていた。

息子が小学校に入った頃、薄墨のような気配が私の足元にしのび寄った。

深夜に自宅にかかってくる無言電話。つながらない夫の携帯。くたびれた背広についた高そうな香水の香り。疑問点を挙げればきりがなかった。浮気など、自分の夫には縁がないものだと思っていた。まじめさだけが彼の取り柄なのだと信じきっていた。

「息子さんのきょうだいができているかもしれないんです」

夕方、ばたばたと食事の準備をしているときに電話をかけてきたのは、夫の会社の経理部の女性だった。自分からそう名乗った。電話のそばでは、学校から帰ってきた息子が、アニメの再放送を大きな音で見ていた。受話器をふさぎ、

「もう少し音を小さくして」と息子に頼んだが聞いていない。

「お願い。お母さん、電話しているから、ね」そう言ってテーブルの上にあったリモコンでテレビを消した。

「なんで！　今、見てたのにぃ」そう言ってテレビの前にいた息子が私の体に突進してきた。気に入らないことがあるといつもそうだ。それが息子のくせだった。そのときの力は

思いの外強く、あまりの痛さに目尻に涙が浮かんだ。

「電話中だって言ったでしょ！」思わず手が出た。息子の頭を平手で叩いていた。手のひらがじん、と痺れた。うわーーーーーーん、と声を出して泣きはじめた息子に、

「お願いだから、向こうに行ってて！」と声を荒らげた。

泣きながら、息子は二階に続く階段を上っていった。

「すみません。もしもし、もしもし」電話はもう切れていた。

その日は夫が帰ってくるのを寝ないで待った。夫になんと言えばいいのか、なんと言おうとしているのか、考えてもわからなかった。年の瀬に近い寒い冬の日で、ガスファンヒーターをつけていても、体は芯から冷えた。夫が飲んでいる芋焼酎を熱いお湯で割って飲んだ。酔いは頭痛を呼び、こめかみはなにかで締め上げられているかのように収縮的に痛んだ。夫が帰ってきたのは、明け方近くだった。ひどく憔悴した顔をしていた。私の姿を見て驚き、視線を床に落とした。夫と話すなんてことはやめて、一刻も早く布団に入って体を温めたかった。けれど、口が開いた。

「どうしたいの？」

夫は黙っている。

「別れてその人と暮らす？　あなたに非があるのだから、ちゃんと慰謝料をもらわないと

ね。私と作哉がじゅうぶんに暮らしていけるだけの」

「おれだけに……」夫が顔を上げ、私を見た。

「おれだけに非があるって言うのか」そんな目で夫から見られたことはなかった。

殺される、と瞬時に思った。

「違うの？　あなたの浮気になんで私が関係あるの？　私があなたに何かした？」

言い終わらないうちに頰を張られた。手を上げられたのは初めてだった。大人の男の力のおそろしさと、顔をぶたれた、というみじめな思いが入り交じって言葉が迸（ほとばし）った。

「私になんの非があるっていうの。あなたの会社がつぶれたときだって、何も言わずに支えたじゃない。今だって安い給料で文句も言わずに。私が流産したときだって、何も言わずにってかけてくれなかったあなたを」頭をこづかれた。同じ屋根の下で暮らし、生活を共にし、子まで成した人間に、今、暴力をふるわれているのだとはっきり認識した途端、震えがきた。力ではかなうはずもない。だから言葉で応戦した。

「あっちだって流れればいいんだわ」

もう一度、頰を張られた。そのまま夫は家を出、三日間、帰ってこなかった。

口もきかない日々は、それから半年続いた。だめになるならそれまで、という気持ちと、この家を出て作哉と二人で暮らしていく生活を想像しては震えた。そんな勇気も私にはないのだった。そうしている間にも、夫の血を分けた子どもが成長しているんじゃないかと思うと足が震えた。

年が明け、桜前線の話題がニュースで語られるようになった頃、左耳だけに鈍い音の耳鳴りがしていた。体重は減り、

「もうなにもないから。全部終わったから」

電子レンジで温めた青椒肉絲（チンジャオロウスー）の皿のラップを剝がしながら、深夜に帰宅した夫は言った。

「……子どもは？」

「そんなものは最初からいない」そう言って疲れた顔をして味噌汁をすすった。

ほんとうに終わったのかどうかはわからなかった。夫の言葉をそのまま信じる気力もなかった。気持ちの整理がつかぬまま、それでも時間は経過していった。夫が自分にとって味方なのか、敵なのか、それすらも見極める力も余裕もそのときの私にはなかった。中身はどうあれ、家族というパッケージに私はくるまれ、生活は続いた。

けれど、私と夫との間にほとんど性がなくなっても性欲が消えるわけではない。夫はたぶん、外のどこかで、私は家に誰もいない時間に、方向性のない性を放った。みだらな想像をしながら自分自身をいじったあとには、体がひきちぎられるようなみじめな思いがした。夫がいて、子どもがいて、家族というパッケージはそのままなのに、なぜ、こんなに

濃くてどろりとした孤独を感じるのか、そのことが理解できなかった。

夫はそれでも年に一度ほど、何かを確認するように体を求めてきた。私も抗うことなくそれに応じた。どういうタイミングなのかはまるで見当がつかなかったが、まるで一回交わるごとに結婚生活を更新させる気持ちを確かめる手続きのようにも思えた。義母が家にやってくれば、そんなことはしないだろう、という予想は見事に裏切られた。

夏至が近づくにつれ、午前四時過ぎには窓の外は明るくなる。土曜日の寝室、そのしらじらとしたなかで、夫が布団をめくって入ってきた。くちづけなどしない。パジャマをずらしたまま、おざなりな前戯を済ませ、十分に濡れていないまま夫が入ってきた。うつらうつらとした意識のなか、入れやすいように腰の角度を変えてみたりもした。快楽ははるかかなたに置き去りにされたままで。

じゃあ、なぜ抱くのか、抱かれるのか、という疑問に答えは出ない。むせるような夫の体のにおい、多分、加齢臭のようなものを嗅ぎながら、自分の体からも、そんなにおいがしているのかと思うと泣けてくる。夫に揺らされながら、私は頭のなかで、朝ご飯と息子の弁当づくりの段取りを確認している。

そのとき、突然、襖が開いた。夫はすぐさま体を翻し、私の隣に横になった。

「ねぇ、朝ご飯まだなの？　私、おなか空いちゃったわ」

廊下の暗闇に義母が立っている。

「……すみませんお義母さん。朝ご飯までまだ時間があるので、何か用意しますね。今すぐ行きますから」布団に寝たまま、そう言うのがやっとだった。

「そおぉ。すまないわねぇ」

襖を開けたまま、スリッパの音を立てて、義母が歩いて行く。夫が布団の外に腕を伸ばし、息を長く吐いた。私は布団のなかで下着とパジャマのズボンを引き上げた。声をひそめて夫に話しかける。

「お義姉さんが言ってたのよ。少し……お義母さん、呆けが」

「そんなわけないだろう。言葉だってあんなにしっかりしてるし。夕飯が早かったから腹が減ったんだろう」

夫は私に背を向け、タオルケットを体に巻き付ける。

「家にばかりいて退屈なんだろ。昼間は人と話さないし。ときどきは散歩にでも連れて行ってやれよ」

あなたの母親じゃないの。くちびるのそばまでわき上がってきた言葉を私はのみこむ。性に応えるのも、思ったままの言葉をぶつけないのも、あの日、暴力をふるわれた記憶が生々しく残っているからだ。私は夫が恐ろしいのだ。

牛乳を電子レンジで温め、缶からクッキーを出して皿に並べた途端、義母が手を伸ばす。あと、二時間は眠れたのに、と思うが、もう眠れる気がしなかった。テレビをつけると、今日は梅雨の晴れ間が広がると、男性の気象予報士が話している。

「お義母さん、今日、晴れるみたいだから近所の公園まで散歩に行きますか？」

振り返ると、皿の上に出したクッキーはすでになく、細かい粉だけが散らばっている。いつもと違うぼんやりとした目で私を見上げている。こちらに視線を向けているが、どこに焦点が合っているのかがわからなくて、不安な気持ちになる。缶からもう一度、クッキーを出すと、それもまた義母は瞬く間に食べ尽くしてしまう。

その姿を見て自分や夫の親を介護する友人たちの話を思い出していた。なにかひとつのことに執着し始めると大変なのよ。義母は食べることばっかりで、五合ごはんを炊いても、私がいない間に全部食べちゃうの。うちの父は女だったわね。ベッドの下から、グラビア誌とかAVとか山ほど出てきて、もううんざり。義母は食べることに執着するタイプなのだろうか。我が家で預かるのは短期間、と理解していたが、義兄の闘病が長引いたら、私はパートをやめて、義母の面倒を見ないといけないんだろうか。そのときふと頭をよぎったのは、柏木君の顎の、そり残した鬚のことだった。いったい自分は何を考えているんだろう、と思いながら、まだ、私を見上げている義母のために、クッキーを追加した。

「まぁ、ほんとうにいいお天気ね」

そう言う義母の顔は朝とはまったく違う。やっぱりただ、寝ぼけていただけなんだろうか。義母が呆けている、という疑いは晴れないが、その疑念が間違ったものであってほしい、と思う。

テニスコートやプール、野球場のある、この町ではいちばん広い公園を、義母と訪れた。デパートとか、美術館とか、もっと義母が喜ぶような所に連れて行ってあげたいとは思うが、経済状態は厳しい。息子の高校や大学の教育費を考えると、一円も無駄にはできなかった。夫は昼ご飯を食べたあと、ふらりとどこかに消えてしまった。

芝生の上では、若い夫婦がカラフルなビニールシートを広げて、歩きはじめたばかりの子どもを笑いながら見守っている。あんな時期も確かにあった。私と、夫と、息子の三人の暮らしにも。あの夫婦もいつか目の前の相手を倦んだような目で見るようになるのだろうか。

公園のなかを一周歩くだけでもかなりの距離がある。

日陰に置かれた木のベンチに座って、自動販売機で買ったジュースを義母と二人で飲んだ。目の前をカップルや子ども連れ、小学生くらいの子どもたちが通り過ぎて行く。ベンチのそばにあるこんもりと茂った紫陽花(あじさい)は青から紫へと色を変えようとしていた。道の向こうから、近くの大学生だろうか、Ｔシャツにジャージ姿の男子ばかりの集団がこちらに向かってきた。見るともなく見ていると、隣の義母がほーーと声をあげた。

「みんな素敵ね、ほんとうに素敵」

過ぎて行く学生たちの背中をじっと見つめている。心から発したように思えるその言葉にどう返していいかわからなかった。

「お義母さんのタイプでしたか？」そう言うと、

「私、面食いなのよねぇ」と甘えた声で返す。

「あぁ、お義父(とう)さんもハンサムでしたものね」

ふふふ、どうだったかしらね、と義母がやわらかく笑う。

息子が一歳になった年に亡くなった義父(ちち)は確かに素敵な人だった。年齢を重ねてもどこかハイカラな雰囲気のある義母とお似合いだった。夫とはあまり似ていない。背が高く、背中も最後までまっすぐだった。昔の日本映画に出てくる池部良(いけべりょう)という俳優にどこかしら似ていた。そばに近づくと、かすかにポマードの香りがした。口数も少ない人だったが、生まれたての息子を抱いたときのにこやかな表情は今でも忘れられない。

「お若いときも素敵だったんでしょうねぇ」

「戦争が終わってすぐのころね、銀ブラなんかよくしたわね」

「銀座を？」

義父も義母も戦争直後は地元にいたはずだ。そのとき義母はまだ十歳前後のはず。東京にいるはずはない。義母が義父と出会ったのは、大学を出て実家のある町に戻ったあとじゃないか、と思ったが黙って話を聞いていた。大学時代の話だろうか。もしかして義父ではなく違う誰かの。記憶がごちゃ混ぜになっているのかもしれない、とふと思ったからだ。

「その頃、雨傘をね、オーダーメイドで作ってくれる店があったのよ」

「傘を、ですか？」

「そう。ほら、あの頃、戦争が終わってナイロンが出はじめたのよね。自由に色が選べるの」

そう言いながら、視線が私を通り過ぎる。

「あそこに咲いてる紫陽花みたいなね、もっと薄いブルーよ」

指さしながら夢見るような表情になる。視線がどこか一点にとどまる。何を見つめているのだろう、と義母と同じほうを向いた。一人の若い男性が歩いてくる。ナイロンのバッグを斜めがけにして、白いコードに繋がったイヤフォンを耳に挿している。Tシャツのうえに羽織った白いシャツの右袖になぜかくしゃくしゃに皺が寄っている。柏木君だ。視線がはずせない。携帯を握りながら、少し猫背で、私のことなどまるで気づかない様子で近づいてくる。声をかける勇気はなかった。柏木君は私と義母の前を通り過ぎ、そして去って行った。その何秒かの間、私は呼吸を止めて、柏木君を見つめていた。見つからないように。そう思った。パートに出る日は、かろうじてメイクをしていくが、今日は日焼け止めしか塗っていない。何度も洗濯した色のあせたポロシャツ。ひざの抜けたデニム。自分に気がついてほしくなかった。出口に続く道を早足で歩いて行く。池のまわりに植えられた木に遮られ、あっという間に姿が見えなくなった。

「素敵ね……」

義母のその言葉に心のなかを見透かされたような気がした。

「あの子……」そう言う私を義母が見つめる。

「私のパート先のアルバイトの男の子です」言ってはみたもののすぐに後悔した。なぜ、そんなことを言ってしまったんだろう。

「まぁ、そうなの。あなた幸せものねぇ、あんないい男と働けるなんて。私ならずいぶん張り切っちゃうわね」

笑いながらそう言う義母の言葉に、なぜだか自分のほうが恥ずかしくなった。義母から見てもそう思うのなら、柏木君は皆が噂するように素敵な男の子なんだろう。そのそばで働くことのできるさえない中年女の自分は、義母の言うように、確かに幸せものなんだろう。そう思った。

パート先の遅い午後の休憩時間、噂好きのメンバーがいないときには、店で何かを買って柏木君に渡した。親鳥が雛にえさを与えているみたいだ、と思った。

「なんか甘えてばっかりで」そう言いながら、柏木君は私の差し出したものを瞬く間に食べた。バイト代が入ったら返しますから、と繰り返し口にするが、柏木君がバイトに入って一カ月、お金を返されたことはない。自分の言ったことをすっかり忘れているんだ、と思った。それでも別にいい、と自分に言い聞かせた。自分がしたくてしていることなのだから、と。

「髪の毛の色、変えたんですか？」

口をもぐもぐさせながら、柏木君が左手のひとさし指で私の頭を指さす。

え、えぇ、まぁね。そう言いながら、かっ、と顔が赤くなっていくのがわかった。

「なんか自然でいいですね」

美容院ではなく、安い白髪染めを買って自分で染めたのだ。夫すら気づかないことを指摘されてどぎまぎした。

「宇津見さんって子どもいるんですか？」

「うん。中学三年の息子。受験なんだけど、勉強しなくて困っちゃうわ」

「えー、そんな大きな子どもがいるように見えないなぁ」そう言って、スーパーのおにぎりを三口くらいで食べ終えてしまう。もちろん、真に受けたわけではない。柏木君は、私が与える食料の対価として、そんな言葉を口にしてるんだろうと思った。けれど、お世辞でもそう言われればうれしかった。

私が先に休憩に入る日、柏木君はたいてい同じ時間に休憩をとるパートの女性たちと休憩室に入って来た。私と同じように食べ物や飲み物を柏木君に差し出す者も少なくなかった。ねぇねぇ、彼女とかいるの？　柏木君って草食男子じゃないでしょ。年上の女性たちに囲まれ、いじられていた。柏木君が言った何かの一言でどっ、と笑いが起こり、かーわいいー、という声があがった。とりたてて嫌がるふうでもなく、笑い声をあげている柏木君をちらちらと見ているうちに、わき上がってくる感情があった。もう何年も何年も感じたことのない化石のような感情。夫が浮気をしているかもしれない、という時期に感じたあの。虫眼鏡でしか見えないようなその小さな感情はどんどん成長していくんだろう。そんな予感がした。

「もうーーー宇津見さん、助けてぇ。この人たちしつこくてぇ」

休憩室を出て行く私の背中に柏木君が声をあげる。聞こえなかったふりをして、私は休憩室のドアを閉めた。

今日はパートの給与が出る日だった。早番の今日は、まだ夕方まで時間がある。銀行でお金を下ろし、そのまま、急行電車に乗って繁華街に出た。新しい下着が欲しかった。もう何年も下着など新調したことはない。デパートで買うのは高すぎる。大きなスーパーの三階に入っている下着売り場に足を向けた。いつもつけているようなベージュのシンプルなものじゃなく、もう少し可愛げのある下着が欲しかった。

薄い紫と青のグラデーション、チュールのレースがついたものが目についた。色を変える紫陽花のようだ。それと同じデザインのスリップも手に取った。たるんだ乳房や、醜く肉のついたおなかを隠すために必要なもの。それが必要になるときが来るとは思えなかったが、見ているうちにどうしても欲しくなった。たまにはいいじゃないか、そんな贅沢をしたって。もう一人の自分が自分を甘やかす。ブラジャーとショーツのセットを二組、そしてスリップを二枚手にして、私はレジに向かった。

お金を出すとき、剝がれた薄いピンクのマニキュアが目についた。下の売り場に行き、新しいマニキュアと白髪染めも買った。柏木君にほめられた髪の毛の色を保っていたかった。自分の妄想のために買い物をしているのだ。私はそう思った。店を出ると、梅雨明け直後の強い日差しが私を射るように照らす。手にした紙袋に、真新しい下着が入っていることが妙に恥ずかしかった。

家に帰ると義母がソファで横になっていた。自分で出したのか、タオルケットにくるまり、小さな寝息をたてている。そっと部屋を出て、階段を上がり、二階の寝室に入った。カーテンを閉め、エアコンをつけた。下着を袋から出し、値札を丁寧に取る。汗のしみたTシャツを脱ぎ、下着を脱いだ。姿見の前に立つ。疲れた中年女の全裸が映っている。張りをなくした乳房の下に汗をかいている。バッグのなかからガーゼハンカチを取りだし、乳房を持ち上げて汗をぬぐった。白く透明になった妊娠線がメロンのような模様を描いている。どこが大きな子どもがいるように見えない、だ。どこから見ても経産婦、中年女の汚い裸だ。姿見の前で真新しいショーツとブラジャーを身につけた。余分なおなかの肉がショーツにのっかる。慌ててスリップを頭からかぶった。スリップを着たままならなんとかなるんじゃないか。裾を持ち上げると、白い太腿があらわになる。どこか遠くから廃品回収車のアナウンスが聞こえてくる。ブラジャーをずらし、乳首をつまんだ。ショーツの上から突起を撫でる。新しい下着が汚れてしまう、と思ったが、指の動きは止められなかった。ショーツのなかに手を入れると、自分でも驚くくらい濡れていた。指をスライドさせる。親指で突起を撫でたまま。鏡に映った自分を見る。

若いときだって自慰行為に解放感など感じたことはなかったが、年を重ねれば重ねるほど、そのみじめさは強まる。自分の性欲をいつになっても肯定することはできない。誰かが私にそう教えたからだ。親か、教師か、小説か、映画か？　それとも男やこの国が？　痛みを感じるほど、乳首をつねり、とぷり、とひとさし指をなかに入れる。一カ所をこすり続けると、体温が急に上がるような気がする。続けたまま、肛門に力を入れ、なかをしめるようにする。もっとしめて。若いときの夫はよくそう言った。今、しめ上げているのは、加齢臭のする老いた夫じゃない。ほら、宇津見さん、ここ、よく見て。出たり入ったりしているでしょう。妄想のなかの柏木君がそう言う。柏木君の濡れた性器が見える。入れたまま、柏木君が突起をこすり続ける。あ。出てしまいそうになる声をくちびるを嚙んで耐える。達した瞬間に、廃品回収車の大音量のアナウンスが聞こえてきた。

義母の湯吞みにお茶を注ぎながら、途切れることのない話に相づちを打っていた。パートの休日には、どこかに連れて行きたいが、梅雨が明けて、ここ一週間は猛暑が続いていた。熱中症で倒れられても困る。洗濯、掃除、とたまった家事をしている私に、子どものようにまとわりついて、義母は話し続け、私はそれを聞き続ける。嫌がらずにそうするのは、普段、昼間は一人で過ごさせているというかすかな罪悪感もあるからだ。

昼食の冷や麦を二人で食べたあとには、急に眠気が来て、すぐにでも横になりたかったが、義母はいつまでもテーブルを離れない。話題はテレビで見た芸能人夫婦の離婚のことらしかった。俳優同士の熟年カップル。六十を過ぎて離婚したその二人のことを、義母はさっきからずっと話し続けている。

「一生、一人の人と添い遂げるなんてやっぱり無理があるのよね」

「でも、お義母さんだって、お義父さんに添い遂げたじゃないですか」

私の言葉に義母は黙り、熱そうに指先で湯呑みを持って、そっとくちびるに近づける。

「あの人はいちばん好きな人じゃなかったわ」

「……そうだったんですか」

突然の告白に私のほうがどぎまぎしていた。まるで、大学の同級生に、私、もう処女じゃないの、と告白されたときみたいだ。

「いちばん好きだったのはね、私の近所に住んでたお兄さん。戦争に行ったのよ。軍服が素敵なんて言ったら怒られるけど、ほんとうによく似合って素敵でねぇ。親同士、仲が良かったから、小さい頃から勉強なんかよく教わったのよ。頭もいい人でねぇ」

そう言いながら、義母は目を細める。

「ボルネオに行って死んだものだとみんな思ってたのよ。家族もまわりも。そしたら、戦争が終わって二年後にひょっこり帰って来て。みんなびっくりしてねぇ。……痩せて痩せて、骨が浮き出るみたいで、目なんかぎょろりとして怖いくらいだったわ。私も母に、あの人に近づいたらだめって言われてねぇ。……でも、また、そのうちひょっこりいなくなったの」

気のせいか、義母の頬は赤らんでいるようにも見える。話していることは本当のことだろうか、と思いながらも、黙って義母の話を聞いた。

「東京でね、ずいぶん悪いことして儲けたみたいなのよねぇ。私が十五歳くらいのときかな。外車、あの車、なんて言うのかしら。ぴかぴかの車で帰ってきて。そんな車、そのとき初めて見たのよ。開襟シャツに麻のスーツ着て、ソフト帽かぶってね。映画スターみたいなの。私のまわりの女の人はみーんなぽーっとしてたわねぇ。ある日、学校から帰る道で、その人が私を呼び止めたの。後ろから車でやってきて。私にとっては、いいお兄さんだもの。乗りなよ、って言われて、何も考えずに乗ったの」

そこまで言うと、義母はお茶を一口飲んだ。眠気がいつの間にか、どこかに去って行った。義母の話に引き込まれ、耳をすませていた。

「私の田舎はほら、近くに別荘地があるから、少し山の中を走ると、すぐにそういう場所に行けるのよ。その人、そのときは別荘で暮らしていたのよね。白い立派な洋館みたいなとこ。そんなところに男の人と行くなんて、着いてから初めて怖くなったわ。だけど、舶来のコーヒーを淹れてくれてね。私、そのときまだ、コーヒーなんてあんまり飲んだことなかったから、顔をしかめて我慢して飲んで。いっしょに出してくれたチョコレートを慌てて口に入れたの。その人に笑われたわ」

ふふふ、と義母が笑う。

「レコードをかけて、ジャズだったかな。甘い香りがする葉巻をふかすの。私、そんなことする男の人を初めて見たわ。映画みたいだった。そしたら、突然、これをあげる、って渡されたんだけど、それが何かわからなくて。それ、絹のストッキングだったのよ。夢みたいにやわらかくて、とても軽いの。戦後すぐの田舎だもの。そんなの見たことも触れたこともないじゃない。ぽかーんって口開けてたら、靴と靴下を脱いでごらん、って」

自分の口が渇いていくのがわかった。義母の、老いた女のそういう話を聞かされて、グロテスクとは思えなかった。義母が体験した過去の出来事をまるで自分が体験しているかのような気持ちになった。

「つまさきから、穿(は)かせてくれたの。でもね、ほら、今みたいな、パンティストッキングじゃなくて、ガーターが必要なやつでしょ。サイズも大きかったから、ずるずる落ちてきて、それがおかしくて、私、笑っちゃったのよ。そうしたらね、そのお兄さんが、つまさきを手でそっと抱えてね、くちづけたの。心臓が口から飛び出るかと思ったわ。……でも、その人とはそれだけよ。何もないの。だけどね、私、そのときのこと、一生、忘れないわ。多分、死ぬまで。この話だって、初めてしたのよ。そういう秘め事って、誰でもひとつやふたつ、あるものじゃないかしら。長生きしてもなんにもいいことなんてないけど。そういう思い出が女を生かしてるんだと思うわ……」

そうですねぇ、と言いながら、ため息がひとつ出た。義母は年齢を重ねても美しい人だ。夫の実家で昔のアルバムを見せてもらったことがあるが、夫を産んだあとだって、とても子持ちの女とは思えないほど、みずみずしい美しさを保っていた。今、どんなに年を重ねたとしても、自分と義母では、女の格が違うのだ、と落胆にも似た気持ちも湧いてくる。

「あなたにだって、そういう人はいるはずよ」

小首をかしげて、私の顔をのぞきこむように言うその仕草が妙に色っぽい。

「え、えぇ……そうかもしれませんねぇ」

曖昧な相づちを打ちながら、私は心のどこかで柏木君のことを思い出していた。

「あなたのその爪の色、きれいねぇ」

湯呑みを持つ私の指先を見て、義母が驚いたような声をあげる。

「オールドローズとシェルピンクの中間みたいな、ほんとにいい色」

義母の口から、私の知らない色の名前がするりと出てくる。私はただの地味なピンクだと思っていた。

「安物ですよ。よかったら、今度、お義母様にプレゼントします」

「まぁぁぁ、うれしいわ」

顔を輝かせてそう言う。少女時代の義母にストッキングを穿かせ、くちづけをしたその男の人の気持ちがなんだか少しわかるような気がした。そしてまた、自分にはそんなことをしてくれる男の人など、死ぬまであらわれることなんてないだろうとも思った。


店を出ようとすると、滝のような雨が目の前を覆っていた。ゲリラ豪雨だ。あまりの雨の激しさに、店の軒先で雨宿りをする人もいた。傘を持っていない男子中学生の集団が、奇声を発しながら通りを駆けていく。今日は一日中晴れるはずだと思っていたから、傘を用意していなかった。店で売っている安いビニール傘を買おうか、と考えたところで、背中に手が触れた。

「そこの駅までですよね。よかったら」

黒い大きな蝙蝠（こうもり）傘を広げた柏木君が立っていた。

「あぁ、傘、買おうと思ってたからだいじょうぶよ」

「これ、一時的なもんですよ。向こうの空はもう雲が切れているし。もったいないでしょ」

そう言って私に傘を傾ける。

「じゃあ。ごめんね。そこまで」

ぼつぼつと、傘に雨が当たる激しい音がする。サンダルの足はすぐに濡れた。横に並ぶと柏木君の背の高さがわかる。こちらに傘を傾けすぎているような気がしたので、

「ほら、柏木君のほうが濡れちゃうよ。私はだいじょうぶだから」

「いやいや、だいじょぶです」

そう言った瞬間、駅からやってきたタクシーが水しぶきをあげながら進んできた。柏木君の腕が私の左肩を抱き引き寄せる。

「あっぶねぇなぁ」

初めて聞く柏木君の荒々しい口調にどきりとした。触れられた左肩は、熱を持ったように熱い。

「濡れませんでした？」

「……あ、あぁ、うん、だいじょうぶ」

そのまま黙って二人、駅まで歩いた。知り合いの誰かに見られませんように、と顔を伏せた。誰かと相合い傘などしたことがあっただろうか。誰かが車のあげる水しぶきから私を守ってくれたことなどあっただろうか。そう思った瞬間、なぜだかふいに鼻の奥がつんとし始めた。柏木君の予想は外れ、駅についても雨は止みそうになかった。

「ほんと、ありがとね。遠回りだったでしょ」

「あぁ、これ、おれ、もう、ダッシュで帰ります」

そう言って私にぐい、と蝙蝠傘を押しつけると、柏木君は罠から外れた野兎のように、雨のなかを駆け出して行った。雨に濡れてTシャツの張り付いた背中を私はいつまでも見ていた。髪の毛から落ちた雨の滴が、涙のように頬に流れて行く。それを右手の甲でぬぐいながら思い出していた。恋とはこんなふうなものじゃなかっただろうか。口から温かい空気が吹きこまれて、自分が丸く膨らんでいくような。

「ただいま」と言いながら家のドアを開けた途端、焦げ臭いにおいが鼻をついた。なんだろう、と思いながら廊下を進み、キッチンに入る。シンクに黒く焦げた布巾が置かれている。義母はソファにちんまりと座り、古いモノクロの日本映画を放送しているケーブルチャンネルを見ていた。

「お義母さん……」と、声をかけると、

「あら、おかえりなさい。おつかれさま」私の顔を見上げて言う。

「あの、布巾……」

「あぁ、そうそう、おなかが空いたからね。素麺を茹でようと思ったのよ。それで吹きこぼれちゃって布巾で拭こうとしたら、火がね。ちょっと焦げちゃったの。あら、でも、だいじょうぶよ。すぐに消えたんだから」

そう言ってまた、テレビのモニターに目をやる。もう一度、キッチンに戻った。お中元でもらった木箱に入った素麺の束を確認する。蓋を開けたものの、まだ一束も食べてはいなかった。何度見ても減ってはいない。素麺が綺麗に並べられている。もしかして義母が買ったのか、と思い、冷蔵庫やゴミ箱を見たが、それらしき物はない。素麺を茹でた鍋もない。

やっぱり義母は少し呆けているんじゃないだろうか。夫には一度きちんと話をしておくべきなんじゃないか。そう思ったけれど、多分、今日も帰りは遅い。柏木君の傘に入った今日一日を、そんな話で終わらせたくはなかった。

「綺麗ねぇ、ほんとうに素敵」

パートの休日、義母の指にマニキュアを塗っていた。いつかした約束をすっかり忘れていた。今日は、パート先の飲み会がある。夕方、私がダイニングテーブルでマニキュアを塗っていると、義母が興味深げにのぞきこんできて、その約束を思い出したのだった。プレゼントしたものの、老眼で見えない、と言うので、義母の指に色をのせた。

半年に一度くらい、パートやアルバイトが入れ替わるときに飲み会があった。一度出たことはあったが、子どもがいると夜は家を空けにくい。それでも出ることにしたのは、柏木君が、「宇津見さんも来るんですよね？」と聞いてくれたからだ。

鍋にカレーを用意し、サラダも冷蔵庫で冷やしてある。夫は渋々承知してくれたが早く帰って来てくれるわけではないようだ。布巾を焦がしたこの前のことも心配だったから、息子が塾から帰ってくるのと入れ違いに家を出て、短い時間で帰って来ようと思っていた。昨日の晩、白髪も染めた。誰に見られるわけでもないのに、新しい下着をつけ、普段より丁寧に化粧をした。ワンピースの胸には、義母にもらった自然石のブローチをつけていた。

マニキュアを塗り終わると、義母は指を広げて、うれしそうにそれを眺めた。

「うれしいわぁ。ほんとうにありがとう」顔をほころばせながら、私を見る。

「ねぇ……あなた今日、綺麗ね」義母がしみじみとそう言った。

え、と言ったまましばらくの間、何も言い返せなかった。自分より遥かに女としてもランクが上で、たくさんの男に好かれたであろう義母にそう言われ、どこか浮き足だった自分を見透かされたような気になった。

「今日、楽しんでらっしゃいね。あなた、私の世話や家のことやパートで毎日頑張っているんですもの。もっと気晴らししなくちゃだめよ。……そのブローチも似合ってるわ」

そう言って、私の手に皺だらけの手を重ねた。ありがとうございます、と言いながら、まるでこの義母だけが、世界でたった一人の自分の理解者のような気持ちになってくる。どうか、今夜は何も起こりませんように、と祈るような気持ちで家をあとにした。

少し遅れて入った居酒屋の個室の隅に腰を下ろした。パートとアルバイトを含め、メンバーは十人。私が店に入ったときには、柏木君は両隣をパートの女性に挟まれ、時々、何かを言われては弾けたように笑っている。顔はすでに赤い。ほとんどお酒の飲めない私は、薄いウーロンハイをちびちびと舐めながら、皆の話に適当な相づちを打っていた。時間が進むたび、やっぱり来なければよかった、という思いが強くなる。目の端に柏木君が映る。その姿を視界に入れたくはなかったが、どうしても目が追ってしまう。柏木君が自分のほうを向いてくれるとは思わないが、それでも、自分と同じパートの女たちに囲まれ、楽しそうにしている姿は想像以上にこたえた。

腕時計に目をやると午後九時を過ぎている。小一時間で立ち去りたくはなかったが、仕方がない。最初からここに来たのが間違いだったのだから。隣の席に座った学生アルバイトの女の子に会費を渡し、トイレに行く素振りで、そっと席を立った。柏木君のいるテーブルを中心に笑い声は絶えない。その雰囲気を私が先に帰ることでこわしたくはなかった。個室を出て、出口に急ぎたかったが、サラリーマンの集団が会計を済ませるために場所を塞いでいた。すみません、と声をかけるが、酔っ払って、大声を張り上げているせいで、まるで聞こえていない。

途方に暮れて立ちすくんでいると、背中を突かれた。顔を赤らめた柏木君が立っていた。酔っているのか、ふらふらと体が前後に動く。

「もう、帰っちゃうんですか？」

「うん……義母と息子に留守番させてるし……」

「さびしいなぁぁぁ」子どもが駄々をこねるように体をくねらせて言う。自分の言葉がどういうふうに受け止められるかなど理解していない。柏木君は子どもなんだ。酔った勢いの、ただの冗談だ。頭ではわかっているけれど、心はうれしさとせつなさでびりびりに破けてしまいそうになっていた。

柏木君の後ろから、パートの女性が飛びつくように腕を掴んだ。二十代のその女性が、上目遣いで柏木君を見る。

「ほら〜、みんな待ってるよぉ、早く早く」そう言いながら腕を引っ張る。彼女には私がまるで見えていないようだ。はいはい、と頭を掻きながら、柏木君は引っ張られるように、個室のある店の奥に歩いて行った。

まるで満員電車から降りるように、酒臭いサラリーマンたちをすり抜けて、店を出て、自宅に携帯で電話をかけた。

「もしもし……」寝ぼけたような息子の声の向こうに、大音量のテレビの音が聞こえる。

「これから帰るけど、おばあちゃんだいじょうぶ？」

「……おばあちゃん、散歩に行くって、さっき出てったよ」

「え……」声が詰まった。瞬く間にかすかな酔いがさめ、のんきな声に腹立たしさが湧いてくる。

「おばあちゃんどれくらい前に出てったの」

「……ん――、一時間くらい？　一人でだいじょうぶだから、って」

「……これからおばあちゃん捜しに行くから、作哉は必ず家にいてよ」

叫ぶようにそう言って電話を切った。

最寄り駅のコンビニエンスストア、牛丼屋、携帯ショップ。あかりがついている店があれば、店内を見渡して義母を捜した。土地勘のないこの場所でどこに行ってしまったのか。もし、電車に乗ってどこか遠くへ行ってしまったら、と思うと、足がかすかに震えてくる。

誰もいない交番が見えて来たが、大事になっては困る、いつか義母と二人で散歩した公園のあたりをひとまわりしてからにしようと思い、通り過ぎた。

駅前から公園に続く道を歩くにつれ、街灯も、歩く人も少なくなってくる。道の右側に、中学校の体育館が見えてきた。真っ暗な窓ガラスに映る満月に近い月が、心細い気持ちを募らせる。小道に入り、池の上の橋を渡る。もし、ここに落ちていたら、という不吉な予感を振り払うように、足を進める。誰もいない芝生の広場を横切り、木のベンチをひとつひとつ見て回った。若いカップルが、何、この人、という目で私を見る。この前、義母と座ったベンチから少し離れたところに小さな影が見える。一瞬、子どもが座っている、と思った。目をこらすと、義母がぽつんと一人で座り、前をじっと見ていた。

「お義母さん……」

驚かさないようにゆっくり近づき、そっと声をかける。暗くて私のことがよく見えないのだろうか。返事はない。

「お義母さん、私、タミコです」そう言うと、

「あらぁ、タミコさん」驚いたような声をあげる。とにかく見つかったことにほっとして、義母の隣に腰を下ろした。携帯で自宅に電話をかけ、息子に見つかったことだけを告げる。

「月が綺麗ねぇ」

「そうですね……」そう答えながらも、徘徊が始まったのではないか、という疑いが募る。今日が何曜日なのか、今が何時なのか、いつ家を出たのか、それすらも義母は認識していないんじゃないだろうか。

「お義母さん、もう、……そろそろ帰りましょうか」

「私ねぇ、さっきからずっと考えていたのよ。私、あの夏、別荘でねぇ……あの人と」

私の言葉を遮って、義母が話を始める。立ち上がりかけたが、もう一度、ベンチに腰を下ろした。藪蚊が耳元で耳障りな音を立てる。ふいに足首にかゆみを感じて、手のひらで叩いた。ずいぶん前から義母がここにいるのなら、どれくらい藪蚊に血を吸われたんだろう、と思うが、義母は体のどこも掻いたりしていない。

すぐにでも家に帰りたかったが、義母が暗闇のなかでつぶやく言葉に引き止められた。別荘で絹のストッキングをくれた素敵なお兄さんの話か、と思いながら、義母の隣で話に耳をすませた。

「私ね……その人と……あの別荘で……」

義母の声が湿り気を帯びてくる。本当か嘘かはわからない。義母の妄想か、思い違いなのかもしれなかったが、その声には妙に真実味があった。

「そうだったんですか……」

「一度も気持ちを伝えなかったわ。あのとき、泣きわめいてばかりで。もう、あの人だってずいぶん前に死んでいるはずでしょう。なんで、あのとき伝えなかったんだって……悲しくなっちゃったのよ……」

しくしくと義母が泣きはじめた。義母は母親とはぐれた幼い子どものようでもあり、初めて恋をした少女のようでもあった。小さな背中をそっと撫でた。

「相手が死んでから後悔しても遅いわね。タミコさんも私みたいな後悔しちゃだめよ」

義母が暗闇に放つ後悔という言葉が私にゆっくりと沁みていく。後悔。それは夫と結婚したことだろうか。大きなあきらめを抱えたまま、深い愛情を持てない家族と暮らすことだろうか。それとも、柏木君に気持ちを伝えないまま死んでいくことだろうか。自分が抱える後悔の正体すらわからないまま、私は老いて死んでいくのか。

義母がベンチから立ち上がった瞬間、膝の上から、手提げが落ちた。中身が少し傾斜のついたコンクリートの上を転がっていく。先にひろった手提げはなにが入っているのか、丸く膨らんでいる。落ちたものをひとつひとつひろい、手提げにしまった。プラスチック製の円筒形のようなものが手に触れる。暗い街灯の下でかざして見た。スティックのりだった。側面に値札のシールがついている。嫌な予感がして、落ちたものをあかりの下で見た。リップクリーム。丸いハンドクリームの缶。目薬。かゆみ止め。そのすべてが手のひらに隠れてしまうほど小さなものだった。

うしろを振り返ると、義母はぼんやりと立ったままだ。落ちたものを次々に手提げに入れた。確認するのも恐ろしかった。とりあえず家に帰ろう。それだけを思って、義母の手を引き、二人で歩き始めた。


「どういうつもりなんだよ」

玄関のドアを開けてすぐ耳に飛び込んできたのは夫の怒声だった。こんな日に限って帰りが早い。いや、それとも、早く帰って来てくれたのだろうか。いいほうに思い直そうとしたが、上がり框(がまち)に突っ立って私をにらんでいる夫を見ると、なんて自分は間が悪いんだ、としか思えなくなる。

「……お義母さんお疲れみたいだから……先に横になってもらいますから」

そう言って靴を脱ぎ、夫の横をすり抜け、義母の手をとって、階段わきの和室に進んだ。布団を敷く間にも、畳に座った義母はうつらうつらしている。布団に寝かせるとすぐに静かな寝息を立てた。枕元にあった義母の手提げを手にリビングに戻る。夫は缶ビールを手にダイニングテーブルの前に座っている。作哉はすでに自分の部屋に行ってしまったようだった。

「主婦が夜遊びなんかしてるからこんなことになるんだろうが」

口を開いた夫の前に義母の手提げを置き、そこから、一個ずつ、なかの物をテーブルに並べていく。

「……なんだよ、これ」

「お義母さんの手提げから出てきたの。これだけじゃないのよ。家に来た日、デパートに寄ったの。そのときだって……」言いながら、さっき見なかった品々もテーブルに置いた。お弁当用の小さなウスターソース、チロルチョコ。ガム。キャンディ。もう、これで終わりだろう、と思いながら、手提げのなかの暗闇に手を伸ばし、何かが指先に触れるたび、背中が緊張していく。品物を出すたび、みるみるうちに夫の表情が固まっていく。

「……ほとんどお菓子だろ。……おふくろが食べたかったんじゃないのか」

セロハンテープ。単一電池。ゼムクリップ。ホッチキスの針が入った小さな紙箱。

「お義母さんにほんとうにこれが必要だったと思う？」

夫は黙った。

「お義母さんはお義姉さんの言うように少し呆けてるし、徘徊も始まってる。これから、どうするの？」何かを言いかけて、夫は口をつぐむ。

夫がこの出来事に向き合うのかどうか、それだけを知りたかった。

「あなた……お義母さんのこういうくせ、知ってたんじゃないの？」

夫は黙っている。二人で目も合わさず、テーブルのどこかを見つめている。この人に恋をしたことも確かにあった。二人の間に生まれた子どもを二人で育てた。それほどの縁があった。それなのに、心は近づいては失望し、それでもまた近づいて、離れていく。それでも同じ家に住み続けることのおろかさを抱え続けたまま、私は澱んだ水たまりのような女になってしまった。

「週末、出張だから。準備しといてくれ」

そう言って夫は立ち上がり、畳んだ新聞紙を持ったまま、リビングを出て行った。一人になったリビングで私はダイニングテーブルの上に散らばった物を義母の手提げにしまう。

多分、義母が盗んだ品々を。

時間をうしろに辿って、二人の心が違ったどこかのポイントまで戻れば、私たちは元の二人になれるんだろうか。どう考えたって無理だ。もう戻れはしない。こういう生活が死ぬまで続くのだ。けれど、これから先、死んだように生きていくのなら、義母の言うような後悔の数は少ないほうがいいんじゃないかと、ふと思った。

「あ、いや、自分はまったくそんなつもりはなくて……」

アパートのドアを必要最低限だけ開けた柏木君は、私の目も見ずにそう言った。まるで、しつこいセールスを断るみたいに。視線を落とすと、玄関にヒールの高いサンダルが見えた。ドアの横にある窓の上、換気扇がにぶい音を立てて回っている。ことことと何かが煮えるにおい。シチューか、カレーか、若い女が作る、おざなりな料理のにおい。市販のルーひとつでどちらにも転ぶ、そんな料理。

私と柏木君は、ドアノブを内側と外側から互いに握りあっている。いつまでもドアノブを離さない私に、ドアの向こうからかすかなおびえが伝わってくる。

「宇津見さんは、だから……、自分にとって母親みたいな存在ですから。誤解を招くようなことしてすみませんでした」

そう言った瞬間にドアが力強く閉められた。チェーンをかける音がした。

閉じられたドアの前に立ち尽くす。こうなることなど最初からわかっていた。どの男も私の前でドアを閉じる。私を外に閉め出す。

翌日のパートでは、すでに昨日の出来事が広まっていた。母親だから、と言って。わかっていたことだ。柏木君がパートの誰かに告げたのかそれとも。柏木君は今日は休みのはずだ。

休憩室に入っていくと、皆がぶしつけな視線を私に投げかけ、私の背中に向けて聞こえるように私のことを噂した。まるでバリアが張られたように、私のテーブルには誰も近づかない。やめるらしいよ。誰のせいよ。エロばばぁ。母親と言われて疎まれ、エロばばぁと言われて仲間外れにされる。そう言われても、そんな仕打ちをされても、私はまた自分のどこかをにぶくあきらめ、腰を低くして、意地汚く、この場所にとどまり続ける。

スーパーの通用口を出ると、ぽつぽつと雨が降り出していた。最近の天気予報はまったくあてにならない。降水確率は限りなくゼロに近かったはずだ。傘は用意していなかった。洗濯物も干しっぱなしだ。義母に取り込んでもらおうと家に電話をかけたが、誰も出ない。寝ているのか、いないのか。胸はざわつき始める。そのとき、誰かの手が背中に触れた気がした。振り向いたが誰もいない。少しずつ強くなっていく雨のなかを走り出す。宅配便のトラックが狭い商店街のなかをゆるゆると進んでくる。トラックを通すために、たくさんの人たちが店ぎりぎりに体を寄せる。雨宿りができる場所などない。ケーキ屋の店先に張られたテントを伝い、落ちる雨が私の髪や顔や背中を濡らす。雨にまぎれて泣くこともできたはずなのに、どうしても涙は出てこなかった。

家に着く頃には、豪雨と言っていいような激しい雨になっていた。濡れた体のまま、家に入る。廊下に濡れた足跡を点々とつけながら。リビングを横切って庭を見る。朝、大量に洗って干した家族四人分の洗濯物が吸い込みきれない雨をふくんで、重くぶら下がっている。今、それを取り込んでも、洗濯機のある洗面所に持っていくまでに部屋が水浸しになってしまう。

　ふと義母がいないことに気がつく。義母の部屋の襖を開けたが、朝、私が掃除をしたときのままだ。私と夫が寝ている寝室を開けると、まるで泥棒が入ったように部屋が荒らされている。箪笥(たんす)の引き出し、化粧台の引き出し、押し入れの襖、すべてが開いている。畳の上に、私と夫の洋服やタオル、私と夫と作哉の生活を記録したアルバムが散乱していた。義母は何かを捜し、あきらめたように、部屋を出て行ったような気がした。箪笥の引き出しから、べろりと舌を出すように、この前買ったスリップが垂れ下がっている。化粧台の上には、口紅をそのまま押しつけたようなあとがあった。鏡にはまるで血のように赤いマニキュアが垂れている。義母はどこに行ったのか。

　早く捜しに行かないと、と思いながら、玄関のドアを開ける。冷たい風が吹きつける。空から直下する雨の勢いは、まるで白い瀑布(ばくふ)のように私の目の前を覆ってしまう。出て行くことを遮られたようで、私はすごすごと家のなかに戻る。母親として部外者にされたのではなく、私が世界を遮断したんじゃないだろうかと、ふと思う。その小さな気づきすら、豪雨に流され、下水の濁流にまぎれてしまう。

　私はどさりとソファに体を横たえて、サッシを流れる雨を見ていた。地表にたたきつけるような雨の音を聞いていた。代わりに泣いてもらっているようなそんな気持ちで。

東京に、スコールのようなこんな雨が降っても、もう誰も驚かない。地球温暖化とか、ヒートアイランド現象が原因とか、そんなことはもう誰も言わない。いつの間にか皆、慣れてしまったのだ。

雷放電

季節は夏だ。

二人の汗をたっぷりと吸い込んでぺたんとなった敷き布団の上で目を覚ますと、台所のほうで換気扇が重くうなる音がする。

顔だけをそちらのほうに向けた途端、美津がこちらを振り返った。

「そうめんもうすぐ茹であがるよ。紫蘇、何枚か摘んできて」

笑いながらそう言う。

まだ十分に開いていない目をこすりながら、布団の横に放り出されたトランクスを穿き、しゃがんだまま網戸を開けると、腕が火傷をしそうに熱い。隣の家のつややかな屋根瓦が白い光を反射して思わず顔をしかめた。

狭いベランダに置かれた陶器の植木鉢には、紫蘇や、バジルや、ミント、名前を知らない植物が葉を茂らせていた。紫蘇の葉を五枚ほど選んでちぎり、美津に渡した。美津はそれを流水で洗い、小さなまな板の上で刻む。腰に手を回し、首筋にくちびるで触れると、甘い汗のにおいと、眠気がすっと去っていくような紫蘇の青臭さが混じる。

ぬるい空気をかきまわすだけの扇風機が左右にゆっくりと首を振り、美津のまとめ髪からこぼれた毛を揺らす。赤紫の、インド綿のワンピースから伸びた細い腕。両頬に散らばった薄茶色のそばかす。駅前の骨董品屋で買った、青いガラスの蕎麦猪口から、必要最低限の音をたててそうめんをすする、茱萸のようなくちびる。

見るたびに、こんなに美しい女が自分のそばにいることを不思議に思う。

そして、胸が詰まる。一人の人間に割り当てられた幸せの量があるとして、自分はもうそれを使い果たしてしまったのではないかと。けれど、今ここで、美津がこうしてそばにいてくれるのなら、このあと、自分の人生にどんな艱難辛苦があろうと、それに耐えていけるような気がした。

「あとで、三日月屋に氷いちご食べに行こうか」

くいっ、とお酒でものむように、めんつゆを口にふくんで美津が言う。

三日月屋は近所にある和菓子屋で、美津はそこで夏にしか出されない氷いちごが大好きだった。舌が染まるような人工着色料のシロップではなく、砂糖で煮詰めたジャムのような苺が、ふわりとした淡雪のような氷にたっぷりとかかっている。美津は、こめかみをおさえながら、銀の匙を何度も口に運んだ。

風でカーテンが大きく舞い上がる。冷たい空気が部屋に忍びこむ。空にはいつの間にか、灰色の重たい雲が垂れ込めている。温度が急に下がったようだ。美津が寒そうに両腕をさする。はるか遠くから聞こえてくる雷の音。美津は雷が嫌いだった。そばに寄って抱きしめる。

「だいじょうぶだよ。ここに落ちたりしないんだから」

なんの根拠もないことを口にした。雷の音が少しずつ大きくなる。近づいているんだろうか。親鳥が、広げた翼で雛を包み込むように、腕のなかに美津を抱く。美津の体は冷たく、かたい。美津の歯が鳴る。額に小さな汗の粒が湧いている。気づかないうちに降り出した雨の音が次第に強くなる。触れあうおれと美津の肌。おれの体温が美津の薄い皮膚に伝わっていくように、きつく、きつく、美津を抱く。


空気を震わせるような雷の音で目が覚めた。

大学生のときに住んでいた古ぼけたアパートの六畳一間ではなく、三十五年ローンで買った中古住宅の一階寝室で。クリーム色のカーテンの向こうから聞こえる激しい雨の音に混じる雷鳴。今日の仕事のスケジュールを考えるとうんざりとした気持ちになる。夕方までに、四カ所の得意先を回る必要があった。

スラックスの裾がぐっしょりと濡れることを想像して気持ちが重くなる。蒸れた革靴、足を踏み出すたびに水のしみ出す靴下。足元が濡れるのが何より苦手だ。朝からいいことは何も思い浮かばない。布団に横になったまま腕を伸ばして目覚まし時計を見る。午前五時。あと、三十分は眠れるが、もう一度、眠れる気がしない。隣の布団には美津が向こうを向いて寝ている。長い髪が枕に広がっている。痩せているからまるで人が寝ていないように布団は薄い。布団のなかで左右の足首をぐるりと回して起き上がる。胃の内側に油膜が張ったような違和感がある。

洗濯機を回し、顔を洗い、歯を磨いた。洗面所の鏡に映る自分の顔。いつまでも慣れることはない。美津とは不釣り合いの不細工な男。えらの張った顎、狭い額、肉に埋まったような目、存在感のありすぎる鼻。神さまに割り当てられた不公平な仮面に心のなかでたため息をつきながら、髭を剃る。電気ケトルでお湯を沸かし、フライパンでハムエッグを作る。冷蔵庫からトマトを出して切る。バタートーストを皿に盛り、ティーバッグを入れたマグカップにお湯を注ぐ。時計代わりのテレビをつける。ニュース、天気予報、今夜から始まるドラマの番宣。見るともなしに目をやりながら、口を動かす。目の前には、美津の分のハムエッグ。冷めてからラップをかける。洗濯終了のブザーが聞こえる。

皿やカップを食洗機に突っ込み、ゴミをまとめた。洗濯物を浴室の中に干す。もう一度、歯を磨き、ピリピリしすぎる刺激を我慢しながら洗口液で口をゆすぐ。洗面ボウルに体に悪そうな青い液体を吐き出す。

寝室ではまだ美津が寝ている。そっと布団を畳んで押し入れにしまい、スーツを着る。鞄の中は昨夜チェックしておいたが、ハンカチとティッシュ、財布、携帯、PASMO、腕時計、名刺入れの中身をもう一度確認する。テレビを消し、寝室に入る。布団に横になったままの美津に「じゃあ、行ってくるね」と声をかける。

寝室の襖をそっと閉め、リビングにあるキャビネットの上に置かれた写真立てに目をやる。三年前の美津の写真。頬が丸く、今よりもふっくらとしている。ふわりとした笑顔ではなく、口を大きく開けた馬鹿笑いに近い顔。美津は笑うと目がなくなる。その顔が好きだった。

歯を見せて思いきり笑っている美津に、カメラを構えていた自分は、このとき何と言ったのか、もう覚えていない。

「黙っていると、怖い、とか、冷たい、とかよく言われる」

初めて美津と寝た夜、窮屈なシングルベッドのなかでそう言った。

「それはさ、美人すぎるからだよ」

そう言うと、美津は必要以上にまじめな顔をした。おれだけでなく、誰かと話をしていて、容姿のことに話が及んだり、誉められたりすると、美津は絶対にそれを認めようとはしなかった。

「自分のこと、美人だと思ったことないの？　子どもの頃から言われてきただろ」

美津は黙って首をふる。

「嘘だろ」

「ひどい顔だと思ってる」

「……美津がひどい顔ならおれなんかどうなるの」

「好き」そう言っておれの首にかじりついてきた。

「大好きな顔なの」

雷に打たれたように体が震えた。顔が好き、だなんて、自分を産んだ親にも言われた記憶はない。こんな会話を同じ大学の誰かに聞かれたら、おれは撲殺されるな、と思っていた。

まるで美津自身を撫でるかのように、写真立ての縁に指をすべらせる。こんなに美しい女が自分の妻になるなんて夢みたいだ。おれは毎日、何度でもそう思う。

三年前までは満員電車に乗ることなんて、なんとも思っていなかったのに、三年間、あの町で過ごしたことで、おれの体の組成はすっかり変わってしまったみたいだ。サラリーマンに必要な我慢強さとか、耐久力がごっそりとそげ落ちてしまった。私鉄と地下鉄を乗り継いで、会社までは一時間もかからずに行けるのに、この地下鉄に乗る二十分は、おれにとってまるで地獄だ。

さっきから目の前に立っている女が、ちらちらとこちらを振り返る。鞄を持った右手が人と人に挟まれて彼女の臀部(でんぶ)に触れたまま動けなくなっている。電車が揺れるたび、手の甲がまるで彼女の丸い尻のラインを撫でているかのように思われているんだろう、ということは予想がつくのだけれど、どうにもできない。

「停止信号です」

のろのろと走っていた電車が動きを止めた。どこからか、誰かのイヤフォンから音漏れする音楽と着メロが聞こえる。挟まれていた手を一気に上げ、鞄を胸の前で抱えた。女が顔の向きは変えずに、視線だけでちらりとこちらを見たような気がした。女が髪の毛を右耳にかける。抱いたわけでもないのに、耳に生えている産毛までわかるほどの距離におれはいる。見ず知らずの他人なのに。

満員電車に乗るたびに、この時間、この路線、この車両に乗り合わせた人たちとは、運命共同体なのだと思うことがある。溶けたチョコレートのようになって、車両に詰められ、人いきれのなかで、ぐったりとなったまま、人としての自由や人間らしく生きる権利を剝奪されてしまう。自分のただ一人の家族である、美津といちばん遠い場所。自分だけが、まわりの人たちとともに、どこかにある収容所に運ばれていくような気がしてくる。万一、生死を分かつようなことが起きれば、ここにいる人たちと自分は生を失うのかもしれない。不快感と恐怖を感じるスイッチをオフにしなければ、到底、耐えられない。汗が背中の溝を伝っていくのがわかる。美津のことを思い浮かべる。美津の絹糸のような長い髪、滑らかな肌、ぬくもり。美津のために働く。美津を食べさせるために働く。美津を清潔に保ち、温かな布団で眠れるように、おれは今日も働くのだ。そう自分に言い聞かせる。

止まっていた電車がゆっくりと動き始めた。

その瞬間、無理に上げていた肘が、女の肩にぶつかり、女が振り返る。すみません。そう言うおれに、女がにらみをきかせる。

地下鉄の出口から続いているエレベーターに乗り込み、オフィスに向かう。七階で降り、営業本部に向かうと、すでに同僚たちが、パソコンでメールをチェックしている。その目はすでに戦闘態勢に入っている。

売り上げは約五千億、社員は約三千人、段ボールなど、梱包用の資材を扱うこの会社に入り、営業マンとして働くようになって九年がたつ。ほとんどの営業マンは、全国に約三十カ所ある支店と営業所に配属され、大手メーカーを担当する東京と大阪にある営業本部は、将来を嘱望されたエリート営業マンのみが配属されると言われていた。大学も二流、たいした業績も上げていない自分が、なぜ営業本部に呼ばれたのかは今でも謎だ。

入社後は、東京西部の支店で働き、三年前に東北にある支店に転勤になった。支店と営業本部の仕事を比べれば、幼稚園と大学くらいの違いがある。扱う仕事の量、動く金額、そして、得意先の大きさ、すべての規模が違う。配属されてすぐにまかされたのは、日本に住む人間なら誰もが名前を知っている食品、飲料メーカー四社で、合わせると、年間約五十億の売り上げがある。その金額を最初に聞いたとき、ゼロの数が間違っているんじゃないかと思った。

各社の資材部を訪ね、梱包材の仕様や価格の打ち合わせをし、その内容を社内の関係部署や工場に連絡して製造の手配をする。そう言うと簡単な仕事に聞こえるが、この業界は供給過多の世界だ。しかも業者間の競争は年々激しくなっている。いかに他社を出し抜くかも営業マンの腕の見せどころだ。配属当時、上司に繰り返しそう言われた。その方法を聞くと、もう新人ではないのだから、と、出し抜く方法までは詳しく伝授してくれなかった。同じ部署にいても、それぞれが違う得意先を持っているここでは誰もがライバルなのだった。

営業本部の仕事に慣れてきたのは、まだここ数週間のことで、異動になった当初は、毎日、上司や得意先に叱られていた。ひとつの仕事を、四、五人の営業マンが協力してやり遂げる前の支店とは、あまりにも仕事の仕方やスピードが違う。巨大な渦のようなものに巻き込まれたまま、自分が何をしているのかもわからず、ただ時間だけが過ぎて行った。

昨夜、遅くまで、自宅でメールを返したのに、すでに五十件近いメールが届いている。埼玉にある梱包材工場に出向くため、午前九時には会社を出なければならない。確認したいこと、聞きたいことだけ簡潔に書いてくれよ、と思いながら、メールを読み飛ばし、早急に返信する必要があるものだけを返していく。お世話になっております。何とぞご検討のほど、よろしくお願いいたします。メールの最初と最後の文章は、単語登録してあるから、最初の一文字「お」と「な」だけ入力すれば、そのまま貼付される。社会人になったばかりの頃は、そのことに罪悪感を持った時期もあった。ほんの一瞬だったけれど。

今、返信したばかりなのに、さらに相手から返信が来ることも多く、終わりのないやり取りに、すでに胃のあたりが重くなり始めている。

残りは移動中に。振り払うようにパソコンのスイッチを切り、社を出た。

毎朝乗る私鉄や地下鉄とは格段にスピードの違う電車に揺られる。朝、降っていた雨はいつの間にか止んでいたが、車窓から見える空は灰色の雲で覆われている。冷房が入ってはいるものの湿度は高い。自分が生まれた土地にはない、水の粒が体にまとわりつくような、この時季特有の湿度には、いつまでたっても慣れることがない。

いくつかのメールを返し終えた直後に駅に着いた。工場まではタクシーでワンメーターもない。時間のないときはタクシーを使うが、まだ余裕はある。歩いていくことにした。タクシーの運転手が煙草を片手に車の外に立ち、退屈そうな顔で客待ちをするロータリーを抜け、住宅街の脇道に入っていく。家と家との間には小さな畑がある。雨に濡れ黒々とした土に、見たことのないような青菜が一列に植えられている。それを携帯で写真に撮って美津に送る。

「これはなんという野菜?」

生け垣からはみ出すように植えられた黄色い花を撮って送る。

「きれいな花だけど名前がわからない」

空、犬、道にできた水たまり、草花、看板。目につくものを写真に撮って、美津に送った。返事はない。まだ、寝ているところだろうか。あの家で、自分が仕事をしている間、一人で過ごす美津を思う。美津が寂しい思いをしないように、メールや写真を送り続ける。

「のんびり写真なんか撮ってないでくださいよ」

どこから自分を見ていたんだろう。工場の入口で待ち合わせていた東さんが、苦々しい顔でおれを見つめながら言った。

工場に出向くときは、必ず、その工場近くにある支店の営業マンが同行することになっていた。自分より七歳年上のこの人が正直苦手だ。仕事の流れとしては、本社から指示を出して支店に動いてもらう、ということになるが、年下で、仕事に不慣れなおれにあれこれ指図されるのは、東さんだって不本意だろう。

口には決して出さないが、「営業本部ってだけで、仕事もできない若造が偉そうに」そう思っているはずだ。ぺこぺこと頭を下げるおれを無視して、守衛さんと言葉を交わすと、東さんは早歩きで前を行ってしまう。

「まかせておけば問題ないですから」

応接室に入る前、東さんは悪巧みをするような顔をしてそう言った。おれに、という主語をわざと抜かした言葉を。

確かにそのとおり、応接室のなかでも、まるで自分がいないかのように、東さんと、工場の担当者の話は進んでいった。二人がこの前いっしょに行ったらしいゴルフの話。二人が応援している野球チームの今シーズンの様子。まるで蚊帳の外だが、笑顔を作ったまま二人の顔を交互に見つめる。それでも、営業本部として確認しておかなければならないこともある。視線を落とすふりをして腕時計で時間を確かめる。次の得意先に向かう時間が迫っている。

「それで、納期の件なのですが……」

二人がふいに口をつぐんだ瞬間に口を開くと、二人とも目線を下げて、おれと目を合わせようとしない。ローテーブルに置かれた湯呑み茶碗のなか、苔のたまった池のような煎茶の表面に、天井の蛍光灯が揺れている。仕事なのだから、と自分を奮い立たせて言葉を続ける。自分の言葉が誰にも受け止められずに空中に浮かんでいるような気がした。

いつになったら、この人たちは、おれを認めてくれるのだろう。

自分の言葉だけが、狭い応接室に響く。

「なんで、あんなタイミングで切り出したんですか」

この工場を出たあとに、東さんから丁寧な言葉で嫌みを言われることは百パーセント間違いない。胃の重さが、次第に鋭い痛みに変わりつつある。

駅前のスーパーマーケットで慌てて買い物をし、家に着いたときは午後八時に近かった。

玄関ドアを開け、暗闇のなかで壁を探り、照明を灯す。暗いリビングの照明をつけ、ダイニングテーブルの上に、白いビニール袋を置くと、ジャガイモが転がり出てきた。

「ただいま」と寝室に声をかける。襖を開けようか一瞬迷うが、まずは夕食の支度だ。

野菜の皮を剝き、ベーコンの塊と共に、圧力鍋に放り込む。ブイヨンのキューブとペットボトルの水を注ぎ、蓋をして十分加熱。あとはガーリックトーストとグリーンサラダを作るつもりだった。レタスを水につけているうちに、風呂のお湯をためようと、浴室に向かった。浴室の床が濡れている。排水口の上には、長い髪の毛が数本、渦を巻いたように落ちている。それをティッシュペーパーでつまみながら、風呂には入れたんだな、とほっとする。浴槽用の洗剤をスプレーしながら、浴室の隅にあるうっすらとしたカビに気づく。見上げると、天井にも、ぼんやりとした輪郭のカビの気配がある。週末に退治してやる。夏が本格的に来る前に、網戸も掃除しないといけない。あとは、換気扇まわりも。築十年の中古住宅だ。こまめに手入れをしないと、瞬く間に家は薄汚れていく。けれど、掃除をしたりすることはいやじゃなかった。スプレーを吹きかけ、ブラシで磨き、水で流し、雑巾で拭う。そんな単純作業をしているうちに頭のなかはからっぽになる。成果が目に見えることが快感だった。

三年前の春、この家を手に入れた直後に、あの町への転勤を告げられた。

「夏野菜……楽しみにしてたのに」

美津に異動が決まったことを告げると、俯(うつむ)いた顔でそう言った。

東京生まれの美津と、愛媛の山奥で育ったおれには縁もゆかりもない場所だ。この家での新しい生活にも慣れ始めた頃だった。美津が家のなかでいちばん手をかけたのは、リビングでも、キッチンでもなく、庭だった。庭といっても、おれが学生時代に住んでいた六畳一間ほどもない、狭くて、日当たりのよくない庭だ。美津はその庭の隅に小さな畑を作り、野菜の苗を植えた。それが唯一の美津の趣味だった。

正直に言えば、美津は家事はあまり得意ではなかった。食事もまずいわけではないのだが、おいしい、とも言えなかった。掃除機だって毎日かけているが、どこか、ほこりっぽい。家のなかのことにあまり興味がないのかもしれない、と思うこともあった。けれど、庭づくりだけは、今まで見たことのないような情熱を見せた。学生時代、おれが住んでいたアパートのベランダにプランターを並べ始めたときと同じだ。

クワで土を掘り起こし、小石や枝を取り除き、堆肥を混ぜ、うねを作った。蒔(ま)いた種が可愛らしい双葉を見せ始めていた。美津がいなくなれば、葉はすぐに枯れ、畑は乾いていくだろう。

「でも……ほら、海が近いから、いろいろ楽しいことがたくさんあると思うんだ」

そうは言ってみたものの、海のそばで暮らしたことがないのだから、海水浴以外の楽しいことなんて具体的に何ひとつ思い浮かべることはできなかった。それでも美津は、行きたくない、とは言わなかった。黙ったまま、新しい町ではじまる、おれとの生活を選んでくれた。

四世帯しか住んでいない小さなアパート。その二階の2DKがおれと美津の住まいになった。窓からは穏やかな海が見えた。長い坂を下り、二十分ほど歩けば海に出る。夜更けに耳をすませば、かすかに波の音がした。ベランダはプランターを置くほどのスペースはなかったので、美津は部屋のなかに多肉植物の鉢をいくつか飾った。

湿気は東京より多いし、風の強い日は室内に砂が侵入した。自転車のメッキの部分もすぐに錆びた。それでも、おれと美津はあの町も、あのアパートも大好きだった。

仕事だって今とは比べものにならないほどのんきだった。残業はほとんどなく、毎日、午後六時過ぎには家に帰れる。その日に水揚げされたばかりの新鮮な魚を食べ、週末は泳げる時期のぎりぎりまで、遠浅の海で泳いだ。アパートの住人も、自分とそれほど年齢の変わらない、子どものいないカップルが多かったので、海岸でバーベキューや花火をすることもあった。長い夏休みのような毎日を、おれと美津は過ごしていた。

「こんなところで子育てできたらいいんだろうね」

週末、二人で缶ビールを次々に空にしているときに、美津がぽつりと言った。

「……うん」

時折、美津が口にする「子ども」や「子育て」という言葉をおれは聞き流した。無視したわけじゃない。美津とおれの子ども、というのが自分のなかでうまく像を結ばなかった。

「もう少し美津と二人でいたいから……」

子どもに美津をとられるんじゃないか、という不安もあった。そう言うと、美津は曖昧な笑みを浮かべて目を伏せた。子どものことはまだ先でもだいじょうぶじゃないか、と思っていた。三十歳までにはまだ二年もある。三十を超えて子どもを産んでいる人などたくさんいる。四十七で産んだ芸能人だっているじゃないか。美津とおれ、二人だけの時間は、このままこの先、ずっと続くんだから。

美津は泳げない季節になっても毎日、海に通った。

白い肌はいつの間にか、健康的なブロンズ色に変わっていたが、秋風が吹く頃にはまた、元の白い肌に戻っていた。

海辺に打ち上げられたさまざまなものを拾うのが、あの町での美津の趣味だった。貝殻、波で洗われた枝、ガラスの欠片(かけら)、ハングルの書かれたプラスチックのカップ。どういう基準があるのかはわからないが、美津が選んだ海岸の拾得物が、本棚やチェストの上に飾られた。どこから運ばれてきたのかわからない、何に使うのかもわからない品々。けれど、美津の審美眼にかなったそれらは、まるでずっと前からあったように部屋になじんだ。

あの町での三年の生活を終えて帰ってきたときは、この家も三年分古ぼけていた。

三十五年のローン。私鉄沿線の、急行が停まらない駅から歩いて二十分。ケーキを切り分けたような場所に建てられた、鉛筆のように細長い狭小住宅。それでも、美津とおれの家だ。その家のために働くことはつらいことではない。

二人でこの家で生きて、この家で老いていくんだ。

キッチンでタイマーが鳴っている。

ガスの火を消し、圧力鍋を流しのなかに移動する。熱いまま蓋を開けると、中身がこぼれ出る。鍋を冷やすために、蛇口の水をかけると、蓋のわきからしゅうううっと大量の蒸気が漏れた。

「ポトフできたよ。もうすぐだから」

寝室から返事はない。

「佐枝(さえぐさ)君も猫が好きなの?」

それが最初に美津がおれに投げかけた言葉だった。

大学と下宿のちょうど中間、戦火を逃れてそこだけが焼け残った入り組んだ路地で、小さくちぎった魚肉ソーセージをえさに、野良猫の気を引こうとしていたときだった。大学に入って二年目の五月の連休、おれはすることもなくそのあたりをうろうろとしていた。

顔を上げる前から美津の声だとわかっていた。美津がおれの名前を知っていることにも驚いていた。緊張しながら顔を上げると、長い髪の毛を揺らして美津がふわりと笑っていた。青い花がプリントされた長いスカートの裾が汚れないように、膝の間に挟んだ。しゃがみこみ、野良猫の顎を撫でる。猫は気持ちよさそうに目を閉じ、もっと、もっと、というように顎を上げる。しまいには、アスファルトの上で腹を見せてごろごろと転がった。

「ふふ……気持ちいいんだね」

さっきまで気をとられていた野良猫のことなどどうでもよかった。今、美津にいちばん近づいている、と思うと、大声で叫びながら、どこかに走り去っていきたかった。香水じゃない、かすかな花の香りが美津からした。この瞬間が一秒でも長く続けばいいと思った。

「美津……」

路地の向こうからやってきた男が声をかけた。おれも顔を知っている。大学の、違う学部の准教授。近頃話題の若手の論客として、雑誌やテレビに頻繁に顔を出していたから、大学のほとんどの学生はその顔を知っていた。

「じゃね。猫ちゃんと佐枝君」

猫と一組にされた。そのことに猫も不満があるのか、美津の足に体を何度かこすりつけたあと、おれには目もくれずに、路地のどこかに消えた。

住んでいる場所のどこからでも蜜柑畑が見えるところで育って、一年、浪人をしたあと、親に学費が高い、とぶつぶつ言われながら、私立のマンモス大学に入った。中学や高校と同じように親しい友人はできなかった。バイト、バイト、バイト。そしてバイト。ぎりぎりの仕送りしかもらっていなかったから、とにかくバイトに明け暮れた。飲み会とか、コンパとか、合コンとか、そんなものに声をかけられることもなかった。働いて、使わずにいれば金は貯まったが、何に使っていいのかもわからなかった。

美津のことは一年のときから知っていた。ものすごい美人がいる、と誰もが噂した。だから、それがなんだ、と思っていた。友人すら作れない自分にはまるで関係のない存在だ。けれど、授業中や、キャンパスや、大学以外のどこかで目にするたびに、まるで磁石に吸い寄せられる砂鉄のように、おれの視線は美津から離れなかった。いつまでも見ていたかった。

相手になどされることもないし、おれの存在など目に入ることはないだろう、とそう思っていたから、ふいにおれの名前を呼んでくれた美津の声がいつまでも耳のなかに響いていた。

その頃、住んでいたアパートのそばに、線路があった。今はもう高架になってしまった線路だが、その頃はまだ、遮断機が人や車の流れを妨げていた。朝と夕方のダイヤによっては、十分近く遮断機がしまったままのこともあった。急いでいる人のなかには、遮断機をくぐり抜け、向こうに小走りで渡っていく人もいた。自殺が頻繁にくり返される場所でもあった。大学にいた間に、そこで何人かが死んだ、という噂を聞いた。

ある日、学食で隣のテーブルにいた男子学生が大きな声で話をしていた。

目の前に立っていた主婦が電車に飛び込むところを目撃した。たくさんの食料が入ったスーパーマーケットの白いビニール袋を両手に提げたまま、遮断機をくぐり、そのままだったらしい。

「でも、明日のための食料とかさ、買い物する人が、自殺なんかすると思うか。袋からさ、セロリの葉っぱとか飛び出してるんだぜ。ふらふらって遮断機くぐってそのまま」

そう言って右手でつくった拳を左の手のひらに勢いよくぶつけた。

「これ食えないからやるよ」

青い顔をして、ミートソーススパゲッティの皿を、目の前に座っていた学生の前に押し出した。

その話を聞いて一週間くらいがたった頃だったと思う。

引っ越し屋のバイトを終えて、帰るときのことだった。十一月の終わり頃、時間は午後九時過ぎ。最後の引っ越しでもらったご祝儀を気のいい先輩がそのままおれにくれた。なかには破格の五千円が入っていた。久しぶりに駅前でカツ丼でも食べようか、と考えながら、遮断機が開くのを待っていた。何気なくうしろを振り返ると、その時間にしては多すぎるほどの人がおれと同じように、のろのろと減速しながら通り過ぎる電車をただぼんやりと見つめていた。バイト用のツナギだけ着ていたので、立っているだけで寒さが足元からしみてくる。

ふと横を見ると、美津がいた。

美津とおれとの間には、三、四人の人がいた。マフラーに顔の半分を埋めるようにして、その人たちより半歩前に立っている。じっと見つめるおれの視線には気づかないようだった。両手にはスーパーマーケットの袋を提げ、満杯の袋の持ち手が細い指に食い込んでいる。何が入っているんだろう、と思う間もなく、美津の体が前に出た。

気づいたときには美津に駆け寄り、細い腕を握りしめている自分がいた。美津が顔をしかめておれの顔を見ている。どさりと落ちた袋から、猫缶がふたつ、みっつ、道路に転がった。

「腕……痛い、佐枝君」

腕をつかんでいた手をはなすと、美津の顔がそばにあった。じっと見ていても顔に浮かんだ感情を読み取るのは難しかった。それよりも、肌のきめの細かさと、睫の長さに、どきどきしている自分がいた。

「飯、食べましょういっしょに。おごります」

それまで女の子とろくに話をしたことのない自分の口から、どうしてそんなに勇気が必要な言葉がつるりと出たのかは今でも不可解だ。けれど、有無を言わせぬ雰囲気がそのときの自分にはあったのだと思う。美津は拒絶もせずにただおれの顔を見ていた。遮断機はすでに上がりはじめていた。まわりの人が足を進めるなか、おれはしゃがんで猫缶を拾った。向こうに着くまえに、また警報音が鳴り始める。ゆっくり降りてくる遮断機にぶつからないように、おれと美津は同じタイミングで体を屈め、向こうに渡りきった。

「だ、だめですよ」

え、と、湯呑みを手にして美津が顔を上げた。

ファミレスを少し高級にしたような和食レストランで、美津と二人で天ぷらや刺身が入った松花堂弁当のようなものを食べた。とはいえ、美津は柴漬けと扇の形に整えられた炊き込みご飯を少し口にしただけだった。

「さっき……だって、線路……」

困惑した表情をしばらく浮かべたまま、突然、はっ、とした顔でおれの顔を見つめる。

「……そんなんじゃないのぜんぜん。あの、こっちのほう箸をつけてないから食べない？」

そう言って、美津はおれのほうに弁当箱を差し出した。

「でも……さっき」

「……ただ、ぼーっとしてただけなのよ」

そう言ってまた、湯呑みを口にする。会話が続かず、まわりの席の家族連れの会話がわんわんと響くように聞こえてくる。

「ふられちゃっただけ……」

美津はそう言ってまた、背を丸め、湯呑みに口をつけ、お茶をのんだ。

美津がほとんど残した弁当を食べながら、こんなに美しい女を手放すなんて、どういうことなんだ、とおれはろくに話をしたこともないあの男を憎んだ。美津は泣いたりはしなかったが、ひどく疲れているように見えた。

自分からそうしたくせに、何を話したらいいかわからず、おれもお茶をのんだ。沈黙のまま二人でお茶をのみ、ウエイトレスが来て、二人の湯呑みにお茶を注いだ。美津の横に置かれた二つのスーパーマーケットの袋を見て、助かった、と正直思った。そうだ、猫の話だ。

「猫……いるんですか？」

「うん……一匹。すごく食べるの。太りすぎだ、ってこの前も獣医さんに怒られたばかりなのよ。サバトラ……鯖みたいな、灰色の縞模様の猫でね」

「名前はなんて言うんですか？」

「リチウム……でも、いつもはりっちゃん、かな。……ね、佐枝君なんで敬語なの？　普通にしゃべって」

「……すみません」

「同級生なのに」

言いながらかすかに美津の口角が上がったような気がした。

その日の夜は、リチウム電池といっしょにコンビニのビニール袋に入れられ捨てられていたりっちゃんという美津の飼い猫の話を聞いた。目やにがいっぱいついて目も開かなかったの。ひどいでしょ。カラスにつつかれたような大きな傷もあったのよ。

りっちゃんの出自の話をしながら、美津は男に捨てられた自分のことを重ねているのかもしれない、とふと思った。話が途切れるとデザートやコーヒーを追加注文しながら、閉店時間までおれと美津はその店にとどまり続けた。

その日から、学校で会えば、いっしょに飯を食い、バイトの金が入れば、美津に飯をおごった。美津は不思議とおれの誘いを断らなかった。二人で話すことと言えば、りっちゃんのことばかりで、美津にしてみれば、たくさんいる友だちの一人でしかなかったのだろうけど、それでもおれは満足だった。女の子とこんなふうにごはんを食べたり話したりしたことはなかったから。

会えば会うほど、美津に会いたくなった。近づきたいと思ったし、触れたいと思った。けれど、今以上に二人の間の距離が縮まれば、美津に拒絶されるのだろうという確信があった。

美津とおれがいっしょにいるところを目撃した同級生たちは、なんでおまえが、という露骨な視線を投げてよこした。そりゃそうだろうと思った。大学一の美人と言ってもいい美津と、ぱっとしない男チャンピオンみたいなおれがいっしょにいるのだから。

「今度、りっちゃんに会いにおいでよ」

美津がそう言ったのはクリスマスに近い十二月の寒い日で、あの踏切の遮断機の前に立っていたときのように、ぐるりと巻いたマフラーに顔を埋めていた。どう返事をしていいかわからず、ただ黙っているおれに美津が言った。

「クリスマスが近いからチキンでも焼こうかな。ケーキも。来る？」

うん、と声には出さずにうれしさを秘めたまま頷きながら、こんなことを美津から言わせるのはもしかしたらおれは男としてどうしようもなく情けない奴なのかもしれない、と複雑な気持ちになってもいた。

チキンが焼けるまでの間、オーブンの前に立ったおれと美津はくちづけをかわしていた。美津の部屋に入ってから三分もたっていなかった。その五分後にはもうベッドのなかにいた。美津が焼いたチキンはオーブンの時間設定を間違えていて、結局のところ、黒焦げになってしまった。

「もう少し……乱暴にしてもだいじょうぶなんだよ」

怖々と触れるおれに美津はそう言った。初めて触れた女が、美津である、という悦びと不安と申し訳なさで、おれの指や舌やくちびるはコントロール不能になっていた。美津はおれの指をそっと握り、おれがたどりつきたい場所に導いた。

りっちゃんは、おれが部屋に入ってからというもの、扉が半開きになったクローゼットに入ったまま出てこなかった。おれのしどろもどろを、扉の向こうから猫がじっと見ているかと思うと、なんだか不思議な気がした。

翌朝、黒焦げの皮を外したチキンを食べた。りっちゃんにも少しあげた。少し慣れてくれたのか、クローゼットからは出てきてくれたものの、おれたちを無視して、ソファの前で丸くなっていた。顔は絶対にこちらに向けず、時々、ぴんと立った両耳がついていることに煩わしさを感じているように、頭を上げて、ぷるぷると振り、また、眠り続けた。

起きては美津の体に触れ、そしてまた眠った。いつの間にかまた、夜が来て、暗くなった部屋に、ガスストーブのオレンジ色の炎が、あたりをぼんやりと照らしていた。

そんなことがあってもいつ美津から別れを切り出されるか、びくびくしていた。けれど、美津はおれから離れなかった。美津はおれの顔が好きだと言い、おれが好きだと言った。美津の言葉はおれを甘く溶かし、毒のように痺れさせる。自分がこの世に生まれてきたのは、美津とともに生きるためだ、と悟った。

大学を出たらすぐに結婚するつもりだったから、美津を十分に食べさせていけるような会社を選んだ。就職しても、結婚したらすぐにやめてしまうから、と、美津は就職せず、学生時代から続けていた学習塾のアルバイトを続けていた。三年かけて結婚資金を貯め、五月に式を挙げた。

招待客はおれに突き刺さるような視線を浴びせつつも、美津の美しさを賞賛した。からりとした晴天、目にしみるような緑、真っ白なウエディングヴェールをかぶった美津。世界はどこも欠けていないし、調和が保たれている。一点の曇りもなくそう思った。

美津の感情はいつも凪で、フラットだった。おれを困らせるようなことを、むきになって言ったこともなかった。喧嘩すらしたこともなかった。そんな美津の感情が一度だけ大きく揺れたことがある。りっちゃんが死んだときだ。

　結婚生活をスタートさせたときから、おれと美津とりっちゃんは同じ部屋に暮らした。りっちゃんが飼える部屋の家賃は予算オーバーだったが、内緒で飼うのはいやだった。堂々と暮らしたかったのだ。それほどりっちゃんのことを思っているのに、りっちゃんはまったくおれになつかなかった。りっちゃんの調子が悪くなったのは、あの海辺の町に引っ越す半年前のことだった。

　りっちゃんは、ある日突然、床に大量に嘔吐したあと、一切えさに口をつけなくなった。獣医に腎不全と判断され、美津の毎日はりっちゃんの看病に費やされた。美津自身は注射が大嫌いなのに、りっちゃんのために獣医に教わった皮下輸液を毎日続けた。とは言ってもいやがるりっちゃんを抱えながら一人ではできないので、おれがりっちゃんを抱え、美津がりっちゃんの皮膚に針を刺した。大手術を行う外科医のような真剣な顔で。けれど、りっちゃんとの別れは予想以上に早くやってきた。

　家に帰ると、暗い部屋のなかで美津がりっちゃんを抱えていた。そのそばには輸液パックと封を切っていない針のパッケージがあった。美津は泣きもせず、りっちゃんの体を撫で続けている。りっちゃんは目を閉じ、体を丸めて、まるでまだ生きているみたいだった。おれも腕を伸ばして、りっちゃんを撫でた。けれど、りっちゃんの体はもう冷たく、かたかった。

美津は感情を自分の奥深くに閉じ込めてしまったようだった。りっちゃんを荼毘に付し、ペット霊園に納骨したときも泣かなかった。必死で耐えているのだ、と思った。そんな美津をおれもただそばでじっと見守っているしかなかった。りっちゃんがいなくなって二カ月が過ぎた頃、りっちゃんのトイレやカリカリを入れていた銀色のボウル、大好きだった羽根のついたおもちゃを美津はすべて処分した。美津が新しい家で、野菜づくりを始めたのはその頃のことだ。美津が夢中になれるものを見つけてくれて、おれの心のどこかが軽くなったような気がした。

とある日曜日の夕方、二人で歩いていたときのことだ。

ふいに目の前を一匹の猫が横切ろうとした。

「りっちゃん！」

美津が猫に声をかけた。猫は物憂げにこちらを一瞥し、ぷいと顔を背けて、塀の上に飛び上がり、また、もう一度こちらを見てから、塀の向こう側に降りて、姿を消した。確かにりっちゃんと同じサバトラの猫だが、りっちゃんみたいに顔も丸くないし、尻尾も短くない。猫が消えた道の真ん中で美津は立ちつくした。またあのときと同じ顔だ。一切、感情を消し去ったような。

「猫……違う猫、飼おうか」

そう言うおれの顔を美津は見た。視線は次第に力を帯び、眉間にかすかに皺が寄った。おれをにらむような、挑みかかるような視線。おれはおびえた。そんな美津の顔を見たことがなかった。けれど同時に、美しいとも思ってしまった。そんな自分をおれは責めた。

「悪かった……」

やっとのことで絞り出したおれの言葉を聞くと、美津はふっと息を吐いてまた歩き始めた。さっきみたいに手はつながずに。ふいに自分が放った言葉が美津の凪のような感情を波立たせたのだと思った。

「りっちゃんは、りっちゃんだよ」

家の近くまで来て、小さな子どもに言い聞かせるように美津は言った。日はもう暮れかかっていた。灯り始めた街灯が美津の顔に影を作る。瞬きするたび、長い睫の影が揺れた。うん、と頷いたままうなだれるおれの手を、美津がそっと握った。

自分が知らない美津が、美津のなかにはまだたくさんいる。そのことを知らされた。そして美津も、美津の知らないおれを見つけては、失望し、何かをあきらめていくのだろう、という予感がした。

「……少し疲れちゃった」

美津はそう言うと、夕食の支度もせずに、ソファに横になり目を閉じた。すうっ、とかすかな寝息を一度だけたて、そのまま深く眠りこんでしまった。この頃からだ。抱えきれないことが起こると美津は眠りの世界に逃げてしまうようになった。まるで、生きている世界とのスイッチを切るように。美津の眠りは完全な拒絶だった。おれはただ、このまま美津が目を覚まさなかったらどうしよう、と、寝顔をじっと見つめたまま、立ち尽くすしかなかった。

あの地震が起きたあともそうだった。

山間の印刷工場に向かって、おれは車を走らせていた。地震ではなく、タイヤが破裂したのかと思い、徐行しながら道の端に車を停めた。

「でかい地震だ」

「海沿いは津波がまずいかもなぁ」

前後の車から出てきた人たちが口々にそう言うのを聞いて、おれは再び車に乗り、アパートへの道をただ走り続けた。メールも電話も通じなかった。パトカーと救急車、消防車の隊列がサイレンを鳴らしながら、目の前を走っていく。通行止めの道路の先には、大きな亀裂やうねりが生じていた。迂回に迂回を重ね、普通なら小一時間もあれば帰れるところを、五時間かけて帰ったのだった。

アパートに続く最後の道路も封鎖されていた。

「ここから下はもうだめだから。人捜してるならこの上の小学校が避難所になってるから」

警官は嗄（か）れた声で怒鳴った。すっかり夜になっていた。昼間ならこの道から、下に続く住宅街やその先の海が見える。今、そこは真っ黒に塗りつぶされていた。

「この下は」

「全部流されたから。余震来たら危ないからあんたも早く逃げて」

最後まで聞かずに車をバックさせ、来た道を引き返した。街灯が消え、道路標識もわからず、警官の教えてくれた小学校にたどりつくまで、迷路のようになった道を走った。暗闇の先にぼんやりとしたあかりが見えてきた。校庭にはたくさんの車が並び、体育館から人が出入りしているのが見える。校庭の隅に車を停め、体育館に走った。

「佐枝さん！」

入口で背中を叩かれ振り返ると、同じアパートの一階に住む、峰倉（みねくら）さんが立っていた。四十代後半の女性で、町のパソコン教室で講師をしている人だ。寒そうに黒いコートの前をかき合わせ、額のガーゼがぼんやりと白く光っている。

「奥さんも無事だから。なかにいるから早く行ってあげて」

「はい……あの、額……」

「あぁ、うん、少し怪我しただけよ。そんなこといいから早く」

頭を下げて、奥に進んだ。着のみ着のままで逃げてきた人たちが、体育館のあちらこちらに座りこんでいる。小学校低学年くらいの子どもたちは、はしゃいで走り回っているが、大人たちは大きな声を出すこともなく、ただじっと何かに耐えているように押し黙っていた。美津、と心のなかで呼びかけながら、座っている人たちの顔を確認する。

体育館の一番奥、舞台に上がるための階段の下に美津はいた。ひざを抱え、ぐるぐるに巻いたマフラーに顔を埋めている。

「美津！」

おれの声に顔を上げた美津が立ち上がり、ゆっくりとこちらに歩いてくる。美津は何も言わず、おれの首に腕をまわした。温かく湿った息がおれの耳をくすぐる。美津の細い体を抱きながら、おれはなぜだかりっちゃんの冷たく、かたくなった体を思い出していた。

その日、美津が何を見て、何を体験したのか、おれにはわからない。

美津も話そうとしなかったし、聞く勇気もなかった。りっちゃんのときと同じだ、と思った。美津にとっては大きな出来事なのに、おれはそれを体験することができなかった。美津はそれを一人で抱え、その重さに一人で耐えていた。おれはまた閉め出されたのだと思った。鉄でできた堅牢な扉で美津は自分自身を守っていた。おれはただ、その前で、いつか扉が開かれるのを待っているしかなかった。

市街地にあった営業所は大きな被害もなく、一週間もたたぬうちに、ゆっくりとしたペースで仕事は再開された。おれと美津は二日ほど避難所である小学校で過ごしたあと、営業所長が探してくれた市内のアパートで生活を始めた。家具も洋服も、美津とおれの持ち物はすべて、津波で流された。美津が海岸で拾い集め続けてきた漂流物も、再び海に戻っていった。けれど、美津とおれは残った。それだけで十分じゃないか、とおれは思った。

四月になって東京への転勤が告げられた。美津は二日だけいた避難所でも、仮ぐらしをしていたアパートでも、時間があれば眠り続けた。中古で買った今の家に戻ったあとも、その状況は変わらなかった。

おれは食事もしないで眠り続ける美津のために、朝食と夕食の準備をした。時間がたつたびに、部屋の隅にたまるほこりを掃除機で吸い上げ、くもり始める窓ガラスを磨きあげた。美津も調子がいいときは起きているのか、乾いた洗濯物が畳んであったり、食洗機のなかに入れたままだった皿やカップが食器棚にしまわれていたりした。

美津がおれのそばにいてくれるだけでいいんだ、と思いながら、美津と暮らす毎日のためにおれは家を守り、仕事を続けた。

「佐枝さん、私の話を聞いてるんですか。これはあなたのミスだから」

怒気をはらんだ東さんの声に、はっ、と顔を上げた。

印刷工場近くの駅のホーム。朝から降り続けている雨は次第に強くなっていた。東さんの声に驚いた人たちが一斉にこちらを見る。工場からあえてタクシーには乗らずに、駅までのぬかるんだ道を歩きながら、東さんはおれを罵倒し続けた。

三日前、得意先から連絡のあった、ほんのちょっとした仕様変更。おれはそれをメールで東さんに伝えた。はずだった。それまでにも東さんからはしばしばメールの返信がないことがあったが、地方への出張が続き、確認のメールを送ることをすっかり忘れていた。

今日の最終確認に出向いたものの、工場長も、そして東さんですら、聞いていない、の一点張りだった。土下座をする勢いで頭を下げ続け、どうにか期日どおりに、と頼んだものの、「無理」と、ただ一言、工場長はそう言っただけだった。

ホームに東さんの営業所のある方向へ向かう電車が滑りこんできた。

「じゃ」

言葉を投げ捨てるようにそれだけ言うと、東さんはおれの顔を見ずに反対方向の電車に乗り込んでいった。降りてきた一人の老人と肩がぶつかり、ちっ、と舌打ちをされる。遠くなっていく電車を見ながら、スラックスのポケットにしまった携帯を握りしめる。今すぐにでも得意先と上司に電話を入れないといけない、と思いつつも、いつまでも携帯を握りしめたまま、雨に濡れた線路を見ていた。

午後六時近くだというのに、本社に向かう地下鉄の車内は驚くほど人が少なかった。あぁ、助かる、と思いながら、空いている座席にどさりと腰を下ろした。目の前の席には、四十代くらいの女性が布のブックカバーをつけた文庫本を熱心に読んでいる。携帯をいじる女子高生、リクルートスーツを着た男子学生、スリングのなかに赤んぼうを抱いた女性、おれと同じようにスラックスの裾を濡らしている中年のおじさん、ランドセルを背負った小学生の男の子。そんな人たちを見るともなく見ていた。

駅に到着し、扉が開くたび、何人かが降り、また何人かが乗ってくる。皆、手には、雨の滴をつけた傘を手にしている。会社のある駅が近づいてくると、みぞおちがひんやりとした。終点まで行ってそのまま新幹線にでも乗って、どこか遠くに行ってしまいたくなるが、おれには美津がいる。実家にはもうずいぶん帰っていない。父も母も、元気に暮らしているのならそれでいい、仕事を頑張って、美津さんを大事にしなさいよ、と、ただそれだけを電話でくり返していた。お盆休みには美津を連れて実家に帰ろう。そう思った。

がたり、と車両が大きく揺れ、車内を照らしていた照明が消えた。かすかな光すら感じられない真っ暗闇の世界だ。いつかこんな闇のなかにいたことがある。子どもの頃、父と二人で蛍を見に行った。蛍が集まる場所に行くまでの森の道。街灯もないあの道はこんなふうに暗かった。

また、地震でも起こったのだろうか、胸のなかに不安が広がっていく。手にした携帯の画面はどうやっても明るくならない。たくさんの人がまわりにいるはずなのに驚くほど静かだ。自分だけがこの暗闇に放り出されたような気になる。それでも、少しずつ目が慣れてきた。前に座る人たちの輪郭が、ぼんやりと浮かび上がり、ぼそぼそ声が聞こえてくる。

「もうね、十分生きたから、いいか、って思っちゃったの」

「……姑(しゅうとめ)の介護にもなんだか疲れちゃったし」

「でもあたし、娘の花嫁姿だけは見たかったわ」

「みんながあたしを大声で呼んでたの。早く、早くって。だけど、途中で足をひねっちゃって……あっという間だった。流されてく私を見ている友だちのほうがかわいそうだったなぁ」

「あの漫画の続き読みたかった……」

「ぼく、お母さんが待っているおうちに帰らなくちゃ。心配してるから」

「一度でいいからデートしたかったよぅ」としくしく泣き始めた女子高生の頭を、隣に座っている中年女性がやさしく撫でた。

突然始まった独白。いったい何が始まったんだ、と呆然としながら見ていた。自分の右腕を誰かに強くつかまれた。隣に座っている誰かの、皺としみだらけの手が自分の腕をつかんでいる。けれど、暗くて顔は見えない。

「この電車に乗っていても、あんたの行きたいところには行けないよ」

え、と思った瞬間に、再び、電車が大きく揺らいだ。

ぱちぱちと天井の照明が瞬き、車内が明るくなる。目の前には、さっきまで自分が見ていたのと同じ乗客が並んで座っている。照明が消え、再び明るくなったことに驚いている様子もない。自分の右側に座っているのは、デイパックを前に抱えた若い男だ。左には自分と同じくらいの年齢のサラリーマン。

さっきの会話は夢だったのか、空耳だったのか、それとも幻聴だったのか。自分の腕をつかんでいた老人はどこにいったのか。

駅につき、改札口を通り過ぎて、地上出口に続く階段を上る。

出口のそばには会社があるはずだが、見慣れない古ぼけたビルしかない。出口を間違ったか、と思い、角を曲がる。首都高があそこに見えるなら、会社の裏口に続いているはず。梅雨時の重苦しい雲から太陽が顔を出す。その熱で、地上の湿気が湯気のように上空に昇っていく。

どこで道を間違ってしまったのか、歩いていくうちに、ビル群は後ろに遠ざかり、見えてきたのは見覚えのある路地だった。土の道に点々と埋め込まれた四角いコンクリート。木の塀の下から、背中に大きな茶色い斑(ぶち)のある子猫が飛び出してきた。しゃがみ、舌を鳴らして呼んではみても、おれを無視してどこかに走り去った。ふいに目の前を影が覆う。見上げると、ゆらりと髪の毛の長い美津が立っていた。隣にはあの男。二人の顔を見た瞬間、頭のどこかでコイルが焼き切れたような熱を感じる。口のなかが渇き、舌が上顎にはりつく。蔑(さげす)んだ目で美津と男がおれを見下ろす。その視線に恥ずかしくなって俯く。

「おまえさ、いい加減、美津にまとわりつくのやめろよ。自分のやってることわかってんのか。ストーカーだぞ。今度やったら警察連れてくからな」

そう言いながら、しゃがんでいるおれの肩を強く押した。勢いで地面についた手の甲を、男の先の尖った革靴が何度も踏みつける。

「まじ、きもっ」

頭の上で美津がつぶやき、二人は去っていった。

いつまでもしゃがんでいたので、足が痺れた。いつのまにか猫もいない。おれは歩き始めた。角を曲がって三軒目。コーポ伊藤の隣。壁に黒い染みの浮き出たぼろいアパート。日の射さない一階の一番奥の部屋。木でできたドアは塗装が剝がれ、ドアノブを少し持ち上げるようにして鍵を差し込む。長い間、空気の移動がなかった部屋特有の饐えたにおい。靴を脱ぎ、いくら消臭剤をまいてもアンモニアのにおいが消えないトイレで長い間、排尿をする。手にかかってしまった尿をなすりつけようとすると、それはおれが今朝穿いてきたスラックスではなく、穿き古したデニムのざらりとした感触がする。

窓を開けるとほこりっぽいカーテンが風をはらんで大きく揺れる。床に散らばっていたものを吹き飛ばす。日に焼けた畳の上に散らばっているたくさんの写真。裏返った写真の白が日の光に反射して眩しく光る。一枚を手に取る。学食で友だちと笑っている美津。大学の図書館で勉強をする美津。コンビニで雑誌を立ち読みする美津。美津と男の後ろ姿。薄いカーテン越しの美津。パジャマを脱ぐ美津。ソファでうたた寝をする美津。男と抱き合う美津。たくさんの美津の写真。もう一度、強い風が吹いて、写真を遠くに飛ばす。

そして、机の上にはプリントアウトされた紙の束。Ａ４の紙に隙間なく文字が埋めつくされている。一枚を手に取る。おれと美津との出会い。初めてのくちづけ、初めてのセックス。美津と二人で飼う猫。美津のために頑張って一流企業に就職するおれ。美津との結婚式、新婚生活。誰も知らない町で転勤生活を送る美津とおれ。おれの妄想が作りあげた、おれと美津、二人の人生。

雷の鳴る音がする。フラッシュを焚いたような閃光。明滅する空。左右交互に光る警報機の赤いランプ。雷の音が少しずつ大きくなる。遮断機をくぐり抜けた自分に誰かが大声で叫んでいる。向かってくる電車の轟音。凄まじい衝撃。雷鳴。目が眩むばかりの光と鼓膜が裂けるような音を伴う放電現象。残像のなかでネガとポジが裏返る。体の輪郭がほどけ、おれの体は指先から小さなドットになって散っていく。そのひとつひとつは蛍が放つかすかな光のようなのだ。

そうだ。すっかり忘れていた。

死んだような人生を送っていたおれは妄想とともに生き、死んだあとも妄執にとらわれ、この世を彷徨っていたんだった。

実体のない手で、敷きっぱなしのせんべい布団をめくると、空気の抜けたしわしわのラブドールが虚空を見つめていた。

ゆきひら

その少女を初めて見たとき、自分の心は大きな石をどぷん、と投げ込まれた池のように、幾重にも輪を描いて波打った。

腰まで届くほど伸びた長く黒い髪。眉毛ぎりぎりで切り揃えられた前髪。セーラー服の袖から伸びる、折れそうな細い腕。まるで異種の動物が紛れ込んだかのような白い肌。黒い部分ばかりの眼球はほとんど動かず、目の前にいる自分をじっと見つめている。赤いくちびるが小さく開いて、誰かがつけた名を告げる。

子どもの頃、飼っていた犬の名前だ。真っ白でふわふわのチワワ。ある日、家から逃げ出し、宅配便のトラックに轢(ひ)かれて死んだ小さな犬。それが人の名前であっても、教師生活をしていると、今どきの子どもたちの名前の奇妙さに慣れた自分は、なんの驚きも抱かなくなっている。

校長から、交通事故で両親を亡くして、この町に住んでいる伯母の家に引き取られたのだと聞いていた。校長室の人工皮革のソファ、まもなく定年を迎える校長の隣に座っていると、彼女のいきものとしての若さが残酷なほど際立つ。けれど、同年齢の子どもたちと同じように、彼女もまた、自分の若さに無自覚で、それをひどくもてあましているように見えた。

校長の声も聞こえなくなるほど、自分は緊張していた。自分のクラスに、こんな少女が投げ込まれたら、確実に標的にされる。自分よりも美しい子ども、という差異を思春期の獰猛（どうもう）な眼力が見逃すはずはないのだから。

「……だからね、しばらくは十分に配慮をお願いしますよ。臼井（うすい）先生」

校長の言葉に頷き、彼女と校長室をあとにした。

誰もいないリノリウムの長い廊下を歩く。窓から差し込む光。二学期が始まっても、太陽はまだ力を弱めない。自分のうしろを彼女がついてくる。始業をしらせるチャイム。通りすぎるクラスから聞こえてくる教師や生徒たちの声。そのノイズをかき分けるように、彼女の上履きがたてる音だけに耳をすませた。

2D。自分の受け持ちクラスの戸を開ける。生徒たちが慌てて着席する。起立、礼。いつもの始まり。戸の前に立っている彼女を手招きする。彼女に白いチョークを渡し、黒板に名前を書かせる。生徒たちは彼女に目が吸い寄せられ、視線を離せなくなっている。口をぽかんと開け、頬を赤く染める男子生徒。隣の生徒とさっそく耳打ちをする女子生徒。名前を書き終えた彼女が教壇の上にいる私を見つめる。

「簡単でいいから自己紹介して」

彼女が名前を告げる。

「永坂(ながさか)、みるくです」

教室のどこかから、くすくす笑いが漏れる。その空気にまた、かすかな予兆を感じてしまう。けれど、屈するものか、と思う。守ってやる、と。それは、自分が受け持つ生徒だからか、それとも、永坂みるくが、ユキに似ているからなのか。この問いを、その先、何度も自分はくり返すことになる。

この前来たときと同じように、二階の子ども部屋のドアはかたく閉じられたままだった。ノックする。返事はない。物音ひとつ聞こえてこない。ドアの下から、手紙を入れる。昨日、夜中の一時までかかって書いた手紙だ。

「先生、また来るからな」そう言ってドアの前から離れ、階段を下りた。階段の下では、母親が不安そうな顔で自分を見上げている。

「まだ、時間がかかるかもしれませんね」そう言うと、母親は大きなため息をついた。

藤沢愛梨が学校を休みがちになったのは、中学二年になってすぐの頃だった。登校していたときも、教室にいる時間よりも、保健室にいる時間のほうが長かった。頭痛、腹痛、生理痛、あらゆる理由をつかって、藤沢は保健室に逃げた。母親は、彼女をいくつかの病院に連れていったが、予想どおり、藤沢の体に悪いところはどこにもなかった。時間があれば、保健室で眠る藤沢のところに行き、話を聞いた。真相を話すまで、二カ月かかった。もう、一学期の終業式が近づいていた。女子のグループからいじめを頻繁に受けていた。藤沢の言ったことを無視する、荷物を隠す、下駄箱には毎日、虫の死骸が入れられた。

「先生、絶対にこのこと、絶対にこのこと誰にも言わないでね」

保健室のベッドから起き上がり、自分の腕をつかんで、藤沢はそう言った。無理矢理、教室に戻そうとは思わなかった。そんないじめは気にするな、という強さを求める気もなかった。けれど、藤沢には授業を受ける権利がある。

「出たい授業だけ出てもいいんだぞ。それ以外はここにいても」

タイミングを見てそう言った。自分が受け持っている国語の授業に出たい、と言われたときはうれしかった。教室のいちばんうしろの席で受けたい、という希望もかなえた。

梅雨明けしたばかりの暑い一日だった。体を強ばらせて、藤沢は教科書に視線を落としていた。授業では、出席番号順に生徒に教科書を朗読させていた。その日、朗読をしたのは、藤沢をいじめていたグループの一人だった。よく通る、張りのある声が教室に響く。漢字も読み間違えない。一度もつっかえたりしなかった。終盤にさしかかった頃、藤沢が立ち上がった。真っ青な顔をしている。教壇から見ても、かすかに体が震えているように見えた。

「せんせ」口を開いた瞬間に、藤沢は盛大に吐いた。手のひらで口を押さえたが間に合わなかった。指の隙間から、吐物がぼたぼたと、広げた教科書の上に落ちた。

うわっ、きたね。くさっ。生徒たちがどよめく。

「おい、誰か習字で使った新聞紙出せ」そう言いながら、藤沢に近づいた。誰かが放り投げた新聞紙で藤沢の机の上を覆った。口に手のひらをあてて、立ち尽くす藤沢を背負い、教室を出た。廊下を走っている最中に、背中にあたたかいものを感じた。

「気にしなくていいから。すっきりするまで吐いちゃいな」

うっ、うっ、という嗚咽が聞こえてくる。さっきの出来事で、クラス内での藤沢の立ち位置、のようなものが決定的になってしまったような気がした。自分のせいだ、という自責の念が、じわじわと自分のなかに広がっていく。教師になってから、もう何度も感じたことのあるやりきれない思いを抱えながら、藤沢を保健室に運んだ。

予想どおり、次の日から藤沢は学校に来なくなった。

藤沢をいじめていたグループを呼んで話をするようなことはしなかった。藤沢がいつか教室に戻ってきたとき、さらにいじめがひどくなるようなことはできるだけ避けたかった。

「他人を不快にして、自分のストレスはらすなよ。心の強さって、おまえたちが思っている以上に、人それぞれ違うんだぞ。自分のやりたいこと、楽しいことだけしろよ。おれが何について話しているか、わかるよな」

ホームルームの時間に、そんなふうに話した。言ったそばから、自分の言葉が、教室でちりぢりになっていく気がした。自分の話していることが、正しいのかどうかもわからない。生徒たちにどこまで伝わったのか、その反応も手応えもない。

けれど、そんなときほど、自信のなさを隠すように、思いきりおなかに力を入れて声を出した。しん、と静まりかえった教室、しらけきった生徒たちの顔を見て、いつもの無力感にさいなまれても。

その日から、週に何度か、学校帰りに藤沢の家に寄り、部屋の前で、その日にあったことを、ドアに向かって、ひととおりしゃべった。手紙を書き、授業で使ったプリントを渡した。夏休みの間も、彼女に読んでほしい本やマンガを藤沢の家に運び続けた。

「食事はちゃんとしてますか？」

母親が頷く。こめかみに白いものが目立つ。

「……夜中に食べてるみたいで。朝には空の皿がドアの前に……」

「なら、だいじょうぶ。部屋から出てこられるようになることをまず、目標にしましょう」

母親はまた、力なく頷く。

「また、来ますから」

母親のすがりつくような視線を振り切るように、そう言って、藤沢の家をあとにした。もう何年も乗っている軽自動車のエンジンをかける。エンジンはなかなかかかりにくくなっている。教師の自分にだって確信のある答えはないのだ。藤沢の母親と同じだ。怖いし、不安だ。けれど、万一、藤沢が命を落とすようなことがあれば、それは自分の責任なのだ、と何度でも自分を戒める。

ソファで横になっている自分に、ふわりとかけられたタオルケットは、妻の戸紀子(ときこ)が好んで使っている柔軟剤の香りがする。手にしていた本を戸紀子はそっと抜き取り、サイドテーブルに置いた。戸紀子の手のひらが、額に触れる。

「まだ、少し、熱いねぇ」

そう言う戸紀子の手を引っ張り、体を引き寄せた。自分の体の上に戸紀子がそっと体をのせる。目の前にあるほっそりとした首筋を、くちびるでやわらかく噛んだ。戸紀子がくすぐったそうな声を上げる。

「熱血教師だから、すぐに熱が出るのかしらね」

ふざけたようにそう言って立ち上がり、

「お洗濯物取り込まなくちゃ」と、網戸を開けて、庭に出て行った。

夕食のメニューだろうか、リビングに、肉と野菜を煮こんだシチューのような香りがただよっていた。熱はあるが、おなかがぐぅと小さな音を立てた。子どもの頃から大きな病気などしたことはない。体力はあるほうだ、と思っていたが、教師になって五年目が過ぎた頃から、月に一度、休日に熱を出すようになっていた。顧問を務めている卓球部の練習や試合がない日は、週末の晩からこんこんと眠り続け、眠りから覚めると、じんわりと体が熱い。働きすぎて、気もつかっているんだよ、ストレスだってたーんまり。戸紀子はそう言って、発熱した自分の世話を焼いてくれた。とてもうれしそうに。

首を上げて、庭にいる戸紀子を見る。乾いた洗濯物を、足元に置いた籐の籠に放り込んでいく。ブラウスから伸びた二の腕の透き通るような白さが眩しい。大学時代は好き嫌いが激しく、食べる量も少なかったのに、この町に来てからよく食べるようになった。ここはなんでもおいしいんだもん、と笑った。体も全体的にふっくらした。大学時代の少年のような体のラインは、もうどこにもない。赤ちゃん、もうそろそろいいかもね。昨晩、布団のなかで言われた言葉を思い出す。そうだ、戸紀子はもう、受精を待ちかまえる女の体をしている。

つきあいはじめてしばらく経った頃、将来は自分の生まれ故郷から離れた場所で生活したいのだと、戸紀子は言った。戸紀子が義父から虐待を受けていたこと、中学ではひどいいじめに遭っていたことも、そのときすでに聞いていた。もし、あなたと将来、結婚するようなことがあるのなら、親戚も友だちもいない、自分のことを誰も知らない場所で暮らしたい。今にも泣きだしそうな、真剣な顔でそう言った。

自分は九州の農家の三男坊で、二人の兄が、年老いた両親のそばで暮らしていた。生まれ故郷に帰る必要はない。だったら、どこで暮らしてもいいか、そう思った。戸紀子の言葉に同意し、テレビ番組を真似て、壁に貼った日本地図にダーツを投げた。刺さったのがこの場所で、ここで教師になるための採用試験を受けた。東京から二百キロ離れた、アルプスの見える町だった。山に隠れてるみたいでちょうどいい。そう言って戸紀子は笑った。近くの保育園で、週に三回、保育士をサポートするパートを短時間する以外、戸紀子は二人の小さな家のなかを整え、料理をこしらえた。働きすぎだよ、と言いながらも、教師という仕事を続けるために戸紀子は自分を支えてくれた。

太陽はすでに傾きはじめていて、どこからか、ひぐらしの鳴く声が聞こえてきた。

とろとろとした眠りのなかにまた、ひきずり込まれていく。断続的に見る夢の切れ切れにも、学校や生徒たちが頻繁に登場した。夢の話を戸紀子にすると、あなたは眠っているときも先生なのね、と笑った。けれど、繰り返し、何度も見ている夢の話は、戸紀子には一度も話したことはなかった。

その夢のなかで、自分はまた、あの屋上にいる。セーラー服を着たユキが上履きを脱ぐ。なぜ、死のうとする前に靴を脱ぐのか、自分は理解できないでいる。地面に叩きつけられて、散らばるものは、靴だけではないだろうに。緑色のフェンスを乗り越えようとする少女に声をかけたいのだが、何かかたいものが喉のあたりに詰まっているようで、声が出ない。駆け寄り、足をつかむ。素足に触れてしまったことに一瞬ひるむが、力をこめてひきずり下ろそうとする。ユキがこちらを見て口を開く。さ、よ、な、ら。音は聞こえないが、口の開き方でわかる。

ユキではない違う少女の名前を叫んだところで目が覚めた。夕暮れのオレンジ色がリビングを満たしている。戸紀子は買い物にでも行ったのか、家のなかは物音ひとつしない。目の端に涙が浮かんでいる。もし、これから、その生徒の名前を呼んだことを聞かれたときは、飼い犬が死んだときの夢を見ていたんだ、と、言えばいいか。自分は頭のどこかですでに言い訳を考えはじめている。

この地域の中学校では、二年生になると、集団登山が行われる。そのための準備が始まろうとしていた。初心者でも登りやすい千五百メートル以下の山だが、登山のための体力づくりと称して、授業が始まる前にグラウンドを走ることになっている。そのために三十分ほど早く登校しなければならない。生徒たちは不満を口にしながらも、体操着に着替え、毎日だらだらと走り続けた。

九月になっても、日差しはまだ真夏の気配を濃厚に残していたが、風や雲にかすかに秋の気配を感じると、瞬く間に気温が下がり、冬がすぐ目の前にある。この場所に来た当初は、あまりの夏の短さにどこかさびしい気持ちもしたが、秋を飛び越え、紙芝居を一枚引き抜くようにやってくる、きっぱりとした冬の訪れにはすぐに慣れた。きりり、とした空気、すぐに降る硬質な雪が作る風景にも、まるで異国で過ごしているような楽しさを感じていた。

教師は当番制で生徒たちの走るのを見守っていたが、同学年の教師では自分がいちばん若い。産休から復帰したばかりの女性教師もいる。その教師たちの分も自分が担当した。

生徒たちは、走りはじめる前に教師のところに行き、名前を告げて、出欠をチェックしてもらう。

ふと、気がつくと、永坂みるくが立っていた。

「おはよう」声をかけたが返事はない。

「2D、永坂みるく」とだけつぶやくと、視線を落として、自分の名前にチェックがつけられたことを見届け、そのまま、ふらふらと走り出した。早起きのせいなのか、体調が悪いせいなのか、あまりに顔色が悪いような気がした。痩せすぎた体をひきずるように走る。歩幅も短く、手の振りも悪い。運動が苦手なんだろう、という気がした。長い三つ編みが肩で揺れる。

転校初日、教室でのホームルームを終え、新しい教科書を職員室で渡すときにまず伝えたのが、永坂の髪の毛のことだった。ヘアカラー、パーマは禁止。肩についたら黒か茶のゴムで結ぶ。それがこの学校のルールだった。髪の毛の色や髪型など、ほんとうはどうでもいいのだ。禁止している学校にだって、それを厳しく口にする教師にだって、確固たる理由があるわけじゃない。なぜいけないのか、という問いに、はっきりと答えられる教師などいないだろう。それでも伝えた。

「明日から結んでくること。いいね」そう言うと黙って頷いた。

翌日から、永坂は、三つ編みで登校するようになった。ほかの生徒があまりしていない髪型だ。だが、その古風な髪型がまた、彼女の美しさを引き立てているような気がした。そしてまた、自分の記憶のなかにあるユキの姿から、永坂がほんの少し遠のいてくれたことに、心のどこかで安堵している自分がいた。

ふらふら走る永坂を、たくさんの生徒が追い越していく。藤沢をいじめていた首謀者である西村理央（にしむらりお）が、永坂に何か言って走り去って行った。声が大きく、自分の意見をそのまま口にすることに、なんの疑問も抱かない十四歳の子ども。勉強も、運動もできるし、ほかの生徒に比べて、背も高く、成長も早いから、どこか威圧感がある。男子でも、その迫力と、口の達者さにやりこめられてしまうことが何度もあった。また一人、永坂に何かを言っては追い抜いていく。当然、ここからは何を言っているのか聞こえない。永坂は耳を貸さず、何も言い返さない。最後に追い越そうとした女子生徒が、永坂の背中を叩き、そこからスパートをかけて、振り返りもせずに走り去って行った。

始業十分前のチャイムが鳴った。走っていた生徒たちは足を止め、肩で息をしながら、昇降口に歩いて行く。永坂は横っ腹が痛いのか、右の腹部に手のひらをあてて、こちらに近づいてくる。走ったせいなのか、さっきよりも顔色はいい。頬は紅潮し、額に汗の粒が浮かんでいる。

「おい、だいじょぶか」

永坂はその言葉にも何も答えず、ゆっくりとした足取りで、自分から離れて行った。

午後のホームルームでは、集団登山のためのグループ分けが行われた。三十人のクラスを男女混合で名簿の順に五つに分ける。好きな者同士にしてしまうと、いつまで経っても決まらず、必ずあぶれる者が出てくるからだ。

「第一グループは出席番号一から六まで」

そう言った途端、声が上がった。西村だった。

「せーんせー、隣のクラスは好きな人同士なのに、なんで、うちのクラスだけ、名簿順？」

声が尖っている。

「おまえたちに決めさせると、いつまでたっても決まらないだろ」

「そんなことないって。好きな人同士で組んだほうが、いい思い出になるって」

大人には敬語を使えよ。教師になってから、何度も思ってきたことを飲みこむ。西村に同調する声が、主に女子から上がった。

「いっつも同じ友だち同士でつるんでてもおもしろくないだろ。はい、第二グループ」

反抗する声を遮るようにグループ分けのメンバーを告げると、ファシスト！　という声がどこかから聞こえた。そうだ、そのとおりだ。獣みたいにどちらを向いて走り出すかわからない思春期の子どもたちを統制するには、教師は時に独裁的な指導者にならないといけないんだよ。その声を無視して続ける。

「んだよ。みるくといっしょかよ。つまんね」

西村が大きな声で言った。永坂にもその声は聞こえているはずだが、永坂は黙ったままだ。西村と永坂が同じグループになることまでは考えていなかった。けれど、同じグループのなかには、西村のグループの生徒はいない。集団でいじめられることはないだろうと、できるだけ楽観的に考えようとしたけれど、まだ、不満を大きな声で叫び続けている西村を見ていると、不安の種のようなものが自分のどこかに埋め込まれたような、そんな気がした。

「このドリル買っちゃおうかなぁ」

ホームセンターの工具売り場で戸紀子がうれしそうに声をあげた。

役場から紹介された破格の家賃の一軒家には、二人暮らしには広すぎる庭がついていた。戸紀子がいちばん最初に作ったのは小さな木のスツールだった。ペンキを塗り、ニスを塗って仕上げた。その出来映えに満足した戸紀子は、次にプランター台を作り、今では、食事もできるほどの大きな木のテーブルが、庭の隅に置かれていた。大学時代も、結婚してからも、そんなことが好きだなんてみじんも感じさせなかった。というより、勉強とバイトに明け暮れる戸紀子には、自分の好きなことをする時間などなかったのだが。

のこぎり、かんな、金槌、くらいはまだ理解ができたが、電動糸鋸や、電気ノコギリまでも用意しはじめた。ゴーグルをして、軍手をはめ、電気ノコギリで木を楽しそうに切っている戸紀子の姿など、結婚前には想像できなかったことだ。それでも、戸紀子が、この場所での暮らしを楽しんでいるのだと思えて、なんだかほっとしてもいた。

戸紀子が手にしたドリルをこちらに向けて言う。

「浮気とかしたら、これで、おでこをちゅいーーーんって」

「縁起でもないこと言うなよ」

そう言いながら、そんな冗談を戸紀子が口にできるようになったことが、また、うれしくもあった。大学入学当時、おどおどとした顔で、体を緊張させながら、授業を受けていた戸紀子と、今の戸紀子とはまるで違う。

二人一組になって、ひとつのレポートを仕上げる授業で、戸紀子とペアになった。何かを言うと、右の耳をこちらに傾ける。

「すみません。こっちの耳が少し聞こえにくいんです」

敬語でそう言った。緊張すると、特にそうなってしまうのだ、ということを聞かされたのは、つきあうようになって三カ月が過ぎた頃で、それが義父による虐待のせいだ、と聞かされたのは、戸紀子と初めて寝た夜のことだった。白い背中、右の肩胛骨の上あたりに、茶色くて丸い小さな痣のようなものがいくつも並んでいた。暗い常夜灯の下、その痣を指で辿りながら聞いた。

「これも……これも、お義父さんがやったの？」

「……私、いじめられっ子だったから……」

戸紀子は初めて敬語を使わずに、小さな声でそう言って、腕のなかに体を滑り込ませてきた。虐待のことも、いじめのことも、戸紀子は多くを語らなかった。話したくないのだろう、と思った。けれど、戸紀子のなかで、その出来事は、どうしたってなかったことにはできないのだろう、という気がした。

その話を聞いて、自分もユキの話をしたほうがいいのだろうかと、しばらく悩んだ。

恋愛において、打ち明け話は同じ分量であるべき。そう強く思い込んでいたからだ。けれど、戸紀子の秘密を打ち明けられても、どうしてもユキの話はできなかった。いまだに、ユキの死に対して罪悪感を持っているからだ。そして、また、ユキや戸紀子のような、いじめられる女の子になぜだかひかれていくのは、大きな声では言えない自分の性癖のようなものなのかもしれない、とうすうす感じていた。そのことを恥じる気持ちもあった。

ユキの夢はもう数え切れないほど見た。ユキが死んだあと、高校、大学、教師になってから、そして、戸紀子と結婚したあとも。

ユキとは同じ保育園、小学校、そして中学校に通っていた。役場に勤めていたユキの父親と、自分の父親とが仲が良かったせいで、小さな頃から、家族ぐるみでよく遊んだ。自分が記憶しているいちばん幼いユキは、蛍光ピンクのような派手な水着を着た保育園時代のユキだ。

紫外線が盛大に降り注ぐ場所で育ったから、ユキも自分も真っ黒に日焼けしていた。あの頃、よく行った渓流で、バーベキューをしていた。自分とユキは、大きな石を環状に並べて、水の流れをせき止め、池のようなものを作っていた。川の水は冷たく、ビーチサンダルを履いた足はすぐに冷えて、痺れたようになった。

大人たちはすぐそばにいたような気もするが、その声も聞こえなくなるくらい、ユキと二人しゃべりもせず、石を積むことに集中していた。ふいに、ユキがひとつの石を指さした。いつからそこにいるのか、小さな雨蛙が一匹、石の上にいた。緑色のゴムのような背中がかすかに上下している。鳴きもせず、ぺたりとした両手を石に密着させて、どこかを見ている。ユキが怖々と人さし指を伸ばし、その小さな背中に触れた。そうされたことがいやだったのか、突然、雨蛙は驚くほどの高さに飛び上がり、視界から消えた。驚いたユキがうしろに倒れそうになった。咄嗟にバランスをとろうとしたが、苔の生えた石で滑り、二歩、三歩と川辺から離れてしまった。近くにあった大きな岩にぶつかって勢いを増した水の流れが、小さなユキの体にぶつかり、飛沫をあげた。ユキはこちらに戻ろうとしたが、足を踏み出したところが、深くなっている場所だったのか、ユキの腰までがざぶりと水につかった。水着の裾についている蛍光ピンクのひらひらが水面に広がった。その瞬間、ユキの体も浮き上がり、さらに下流に流されていきそうになった。慌てて石を飛び越え、ユキの足をぎゅっと握った。なぜ、あのときの自分にそんなことができたのか、今でも不思議に思うことがある。流れの勢いは強く、両足に力を入れないと、自分も流されてしまいそうだった。

「ユキちゃんが！」

絶叫するような自分の声に大人たちが駆け寄って来た。ユキの父親がばしゃばしゃと音を立てて川に入り、コットンパンツの裾を濡らして、ユキの体を抱き上げた。全身が水につかっていた時間は三十秒にも満たないくらいだったのに、ユキの体は震え、くちびるはむらさき色に染まっていた。

「カッパがいたずらして引っ張ったんだね」

大人たちは笑いながらそう言い、この出来事を笑い話で終えようとした。それは小さな子どもへの気遣いでもあったのだけれど、頭からバスタオルでくるまれたユキも、それを見ていた自分も、川に流されそうになった出来事にあまりに大きなショックを受けていた。ユキの体を押し流そうとする水の流れの圧倒的な凶暴さ。自分が手を離してしまえば、ユキは瞬く間に流され、その体は川底に沈んでいっただろう。

炭火で焼かれたおいしそうな肉もソーセージも口にできないまま、自分とユキは酒に酔って陽気になっている大人たちのうしろにしゃがみ、さっきの衝撃をどう消化していいのかもわからず、ただ、押し黙っていた。

けれど、その恐怖を共有したことで、自分とユキとの間には、それまでになかったような親密さのようなものも、生まれようとしていた。

小学校では四年まで同じクラスで、ユキはよく笑い、よく話し、友だちも多かった。大人が見れば、誰の目にも勉強のよくできる快活な女の子と映っただろう。ユキと自分の家は同じ方向だったから、登下校のときはよくいっしょになった。

あれは、四年生の一学期の終業式があった日だと思う。だらしのない自分は、机やロッカーに残った荷物を両手いっぱいに抱えていた。

青々と稲が茂る田んぼのなか、日陰など何もない白い砂利道。ランドセルと背中の間に流れる汗を不快に感じながら、何もしゃべらずにユキと帰った。一緒に帰っていた下級生もいなくなり、ユキと二人になったとき、前を向いたままユキが言った。

「……あのとき、ありがとう」

それだけ言うと、ユキは急に駆けだした。赤いズックが砂利道に砂埃(すなぼこり)をたて、ランドセルの中身が立てる音が遠ざかっていく。しばらく追いかけてはみたものの、荷物が多すぎた。工作の時間に作った方眼紙のロボットもどきや、体操着を入れた巾着袋が手から落ちていく。暑さのせいでなく、口のなかは渇いて、舌で前歯に触れると、ざらざらした。

ユキのことが好きだ、と感じたのはもっと、ずっとあとのことだが、あの真夏の一本道で、ユキのことを、家族や同級生たちとは並列ではない、飛び抜けて特別な存在として意識しはじめたのだと思う。

五年生になってクラス替えがあり、一日中、ユキのことを視界の端に感じる日々は途絶えた。一学期、二学期は、遠目で見ても、以前と変わらぬユキの姿がそこにあった。変化があったのは三学期だ。何がきっかけで、それが始まったのかは知らない。友だちに囲まれることもなく、一人で俯いて過ごすユキをよく目にするようになった。ユキがまとっている空気も変わった。いつも何かを心配しているような顔で、めったなことでは笑わなくなった。ユキが死んだあとに、彼女の母親に聞いたことだが、ユキが、とある一人の生徒の悪口をいいふらしているという噂が発端になって、女子グループから執拗ないじめを受けるようになったのだという。暴力などはなかった。面と向かって何かを言われるわけではない。ある日、突然、仲間外れにし、孤立させ、まるで、そこにいない者のような扱いをする。女子グループだけでなく、ほかの生徒も、ユキを遠巻きに見はじめる。誰も彼女に話しかけない。誰も彼女に手を差し伸べようとしなかった。

けれど、ユキは毎日学校に来ていた。しんどそうな顔をしても、毎日、ランドセルを背負って、同じ砂利道を通り、一日も欠席することなく通学していた。それはユキの意志ではなく、父親か母親に言われたことをただ守っていただけなのかもしれない。

小学校と同じ日々が、中学校でも続いた。存在そのものを無視される、といういじめのカタチが変化しはじめたのは、中学一年の一学期がはじまって一カ月もたたない頃だった。自分も同じクラスだったから、そのかすかな変化を目の当たりにしていた。ユキが教室に入ってくると、クラスの誰かが「汚物おはよう」「黴菌今日も早いね」と声をかける。時には、ユキの机だけ、廊下に出されていることもあった。ユキのそばを、大げさに鼻をつまんだり、手であおいで通り過ぎる生徒もいた。「ウザイ」「キモイ」とユキが言われない日はなかった。情けないことだが、自分はユキがいじめられているのを遠巻きに見ていた。ほかの生徒と同じように、その矛先が自分に向くのが怖かった。

　ユキは感情を極力顔に出さないように努めているように見えた。いじめられても怒ることも、泣くこともしなかった。いじめてもいい人間なのだ、とユキは思われていて、ユキはそう思われていることに否定も反論もしなかった。

　ユキは美術部、自分は卓球部に入っていたから、朝練や部活の終わり時間が異なるせいで、登下校、ユキといっしょになることもなかった。二学期が終わる頃、もうすっかり暗くなった一本道を歩いているとき、自分の少しうしろから、ひきずるような足音が聞こえてきた。振り返ると、暗闇のなかにユキがいた。ユキには後ろめたい気持ちがあった。ユキは自分にとって特別な存在だとわかっているのに、いじめられているユキに、何もせず、声をかけることもなく、ただの傍観者になっていたからだ。

　自分が歩き出すと、ユキも歩き出す。振り返ると、ユキは足をとめる。保育園のときも、小学校のときも、ずっとショートカットだったユキの髪の毛はその頃には肩胛骨の下あたりまで伸びていた。普段はゴムで二つに分けて結んでいるのに、その日はなぜだか、片方だけしか結ばれていなかった。もしかしたら誰かにゴムを取られたのかもしれない、とふと思った。ぐるぐるに巻いたマフラーに顔を隠すようにして、視線を落としている。ゆっくりとユキに近づいた。自分がユキに近づくと、ユキは前を向いたまま、後ずさりした。自分が足を止めると、ユキの足も止まる。自分が前に進むと、ユキはまた、後ろに下がっ

た。なぜだか急にそれがおかしくなって、

「なんで」と自分が笑いながら言うと、

「……私、キモくて、汚いから」とユキが小さな声で言った。

そんなことないよ、とはどうしても言えなかった。ユキを助けたり、かばったりしない自分にそんなことを言う資格はないのだ。しばらくの間、自分とユキは何も言わず、街灯もない暗い道に立ちつくしていた。ユキはこちらを見ようともしない。自分はユキの視界に映る資格もないのだ。そう思った瞬間、自分は振り返り、思いきり走り出した。ユキに言葉もかけず、逃げ出すように。ユキを暗闇におきざりにして。

いじめられているユキを見たくなくて、ユキを助けることもしない自分に向き合うのが怖くて、中学二年に上がっても同じクラスにならないようにと心のなかで願っていたが、その願いは叶えられなかった。ユキへのいじめはますますエスカレートしはじめた。給食の皿に消しゴムのカスを入れられる、教室のうしろの壁に貼ってある習字をびりびりに破られる。自分のことはさておき、ユキの親は何をしているのか、と思った。教師も授業に実害が出なければいい、と思っているのか、いじめられているユキに対して、具体的な対策がとられることはなかった。

「あんた、自分のことかわいいとか思ってんでしょ」

「鏡、見たことあんのかよ」

「先輩に色目つかいやがって」

　屋上に通じる階段で、複数の女子に囲まれ、髪の毛を引っ張ったり、頭をこづかれているユキを目にしたこともある。見かねた女子が、職員室に担任を呼びに行き、駆けつけた教師によって、ユキをいじめている生徒たちが怒られたが、いじめに根本的な解決が訪れたわけではなかった。担任を呼びに行った女子は「ちくってんじゃねーよ」と、想像どおり、いじめの新たな標的にされた。生徒たちはユキのいじめを、よりいっそう見て見ぬふりをするようになった。ユキは保健室にも逃げなかった。毎日学校に来ても、教室に座っていても、いじめられることがわかっているのに、ユキは登校を続けていた。その頑なさも、ユキをいじめていた生徒たちの反感をさらに買っているふしもあった。

けれど、二学期が始まると、給食の時間にしばしばユキの姿が見えなくなることがあった。ユキの机の上には、ユキの分の給食が、いつまでも置かれていた。午後の授業が始まる少し前になると、ユキはどこからか戻ってきて、まったく手をつけていない給食のトレイを一人、給食室に返しに行くのだった。そんな日が何日も続いた。

　ある日、ユキが戻ると、誰かの手によって、ごはんもおかずも牛乳もいっしょくたに混ぜられ、離乳食のようになったどろどろのものが、ユキの机に直に置かれていた。それを目にしたユキは黙ったまま、教室をあとにした。なぜ、そのとき、瞬間的にまずい、と思ったのか、自分でもよくわからない。飛び上がった雨蛙に驚いた幼いユキの姿を思い出したのかもしれなかった。

一人、教室を出て、ユキを追った。

ユキは走りもせず、ゆっくりと廊下を歩き、角を曲がって、階段を上った。最上階の四階まで行くと、さらに屋上に続く階段を上っていくのが見えた。そばにいた男子生徒に、先生、呼んできて、お願い、早く、頼む、と叫んでいた。ユキが重く錆びた鉄のドアを開ける。さっきまで結ばれていた髪の毛はいつの間にかほどかれていて、冷たい風がユキの長い髪の毛を乱した。スカートがあおられる。ドアが閉まる前に、体を横にして、自分も屋上に出た。

屋上の真ん中にユキの背中が見える。白い太陽が屋上にユキの小さな影をつくっていた。

「ユキ」

声をかけるとユキが振り返った。泣いているユキを見たのは初めてだった。ぽたぽたと、涙が顎の先から落ちる。

「い、今、今、先生がすぐ来るから。な」

「あたし、あのとき、川で、あのまま」

ドアの向こうで複数の人の声がした。階段を上がってくる足音も。ドアがきしんだ音を立てて開いた。そっちに一瞬目をやり、振り返った瞬間、上履きを脱いだユキはすでに緑色のフェンスを乗り越えようとしていた。子どもの頃、ユキが川で溺れかけたときのように、手を差し伸べる暇もなかった。あっという間に、ユキは視界から消えた。聞いたことのないような音がして、そのあとに、誰かの叫び声が聞こえてきた。

あまりにひっそりとしたユキの葬式が終わったあとも、学校生活は変わらずに続いた。ユキの両親は、ユキをいじめていた生徒や学校を訴えたりすることはなかった。あとから知ったことだが、ユキをいじめていた首謀者の生徒の父親は、ユキの父親の上司だった。学校で、校長がユキのことを話題にすることもなかった。ユキはまるで、最初からここにいなかったもののように扱われた。ユキの代わりに、いじめられる生徒は変わったが、ユキが受けていたいじめに比べれば、子どものいたずらのようなものだった。

中学三年になると、日が暮れた時間、屋上にユキの幽霊が出る、という噂が立てられるようになった。いじめた生徒と、学校を恨んでいるユキの幽霊が出るのだと。まるで存在していないかのように扱われ続けたユキなのに、この世からいなくなった途端、皆が、ユキの幽霊を見たがった。学校が終わったあとも肝試しのようなことが頻繁に行われるので、屋上のドアには鍵がかけられ、生徒は出入り禁止になった。

自分は起こった出来事の大きさをどう扱っていいのかわからなかった。泣くこともできなかった。ユキを殺した人間のひとりなのだから。ひどく悲しかったのは、ユキがいても、いなくても、変わらず日々は過ぎて行くことだった。

高校受験を間近に控えたある日、いつもの砂利道を一人で歩いていた。冬でも、めったなことではコートのいらない場所なのに、その日はひどく冷えこんでいた。制服のポケットに手を突っ込み、自分の少し前だけを見て歩いていた。担任教師に受験校の相談をしていたために、下校が遅れた。自分の前にも後ろにも誰もいない。けれど、ふと、なにかの気配を感じて振り返った。遠くに見える街灯がぼんやりとその下だけを照らしていた。ふいに、冷たいものが頰に触れた。雨か、と思ったが、街灯に映し出されたのは雪だった。手のひらを差し出すと、その上で瞬く間に溶けて消えた。生まれてからその日まで、雪が降るのを見たのは数えるほどしかなかった。暗闇に向かって、ユキ、と心のなかで呼んでみた。もし、自分を恨んでいるのなら、どんな姿でもいいからここに、自分の前にあらわれてほしいと思った。

けれど、いくら待っても何もあらわれない。何も見えない。何も聞こえない。ユキを助けなかった自分に愛想をつかして、ユキはどこかに消えたのだ。冷たい風が横殴りに吹いて、体を冷やしていく。雪が降ったのは、ほんの一瞬で、まわりは再び暗闇に満たされた。

世界に一人、取り残された気分だった。ユキが拒絶した世界で、うんざりするほど長い生を、自分は生きていくような気がした。

　ユキの幽霊はあらわれなかったが、その日から今まで、ユキは何度も夢にあらわれた。それがユキが自分にかけた呪いなのかもしれないと思った。屋上にいるユキがフェンスを乗り越えようとする。夢のなかの自分はしっかりとユキの足を握っていた。あの川で、ユキが流されたときと同じように。自分ができなかったことを願望として夢に見ているのかもしれない、とも思った。夢に見ることは怖くはなかった。怖いのは、いつか、自分の夢のなかからもユキが姿を消すことだった。

「顔が青いよ……だいじょうぶ」

　自分の顔をのぞきこむ戸紀子の顔が目の前にあった。

　さっきのドリルをまだ手にしている。

「ん……なんか腹減っちゃった。下でなんか食べるか。それ買お」

　そう言って、陳列棚の下にあるドリルの箱を手に取り、ショッピングカートに入れた。戸紀子が驚いたように目をぱちぱちさせて自分の顔を見た。

　勘の鋭い戸紀子は、自分に言えない何かがあることにとっくに気づいているのだと思う。同じ夢を見て、うなされて起きても、戸紀子は無遠慮にこちらの世界には踏みこんでこない。そんなところも、戸紀子という人を好きになった理由のひとつではあるのだ。けれど、戸紀子のなかにもまた、自分に明かされていない秘密が眠っているのだという気がして、それを確かめるのが怖かった。ユキのときと同じだ。ユキにそうしたように、教師という仕事の忙しさを理由に、自分はまた、戸紀子と向き合うことを避けている。その愚かさを感じれば感じるほど、自分はまた、教師という仕事に必要以上にのめりこんでいった。

日曜の昼下がり、ホームセンターの一階にあるフードコートは、たくさんの人で賑わっていた。店先から流れてくる音楽と人々の話し声が、ひとかたまりになって、不協和音を響かせている。時折、生徒や保護者とすれ違い、挨拶を交わした。戸紀子も保育園のパート仲間の一人と会い、立ち話を始めた。戸紀子の話が長くなりそうだったので、「先に座ってるね」と声をかけ、その場を離れた。

ほとんどの席は埋まっていたが、トレイを持って立ち上がったカップルの席に腰をかけた。その席から、フードコートの入口やそのすぐそばにあるエスカレーターが見えた。このあたりでは一番大きな商業施設なので、誰もが明日からの生活のために必要な食料や日用雑貨が入った重そうなビニール袋を手にしている。自動ドアが開き、たくさんの人が店内から出て行き、また、たくさんの人が入ってきた。ある家族連れが見えた。両親、高校生くらいの女の子、小学生くらいの男の子、その後ろを、俯いたまま歩いてくる女の子が見えた。ユキ、ではなく、永坂だ。休日だから、今日は髪の毛を結ばず、初めて会った日のように下ろしている。母親にしきりに何かを話しかけている女の子、父親の腕にぶら下がっている男の子とは、対照的な表情だった。着古したような紺のトレーナーは男物のように見えた。一人で来ているのか、とも思ったが、少し離れて歩く永坂を、中年の女性が険しい顔で手招きする。永坂が世話になっている伯母の家族か、と思った。俯いたままの永坂の顔に目が吸い寄せられる。

突然、肩に温かな手が触れる。振り返ると、戸紀子が立っていた。

「ごめんねあの人、話が長くて」

そう言いながら、自分の向かいに戸紀子が座った。何食べようか。朗らかな声でそう言う戸紀子の顔を見て、もう一度、入口のあたりに目をやったときには、もう、永坂の姿は見えなくなっていた。

月曜日、教室に入ると、いつも空いていたその席に、藤沢愛梨が座っていた。母親からも今週から登校するとは聞かされていなかった。まわりの生徒も見てはいけないものを見るように、ちらちらと藤沢に目をやった。藤沢の隣には永坂が座っている。永坂は藤沢のほうには目もくれず、黒板のどこかをぼんやりと見つめていた。昨日のフードコートで見かけた永坂のことも気になるが、それよりも緊張した面持ちでそこにいる藤沢のことが気にかかった。藤沢が登校していることは確かにうれしいことだが、なにか、大きく心に決めたことがあるんじゃないか、という疑いの気持ちもかすかにあった。

授業中、生徒に教科書の一節を朗読させている間、教室をゆっくりと歩く。藤沢と一瞬、目が合った。緊張した様子の藤沢を見て、軽く頷くと、藤沢もこくん、と頷いた。授業が終わったあとに、藤沢を手招きした。

「だいじょぶか」そう聞くと、

「勉強遅れちゃうから……」と、聞こえないくらいの声で言った。

「具合悪くなったら、いつでも保健室行ってもいいんだぞ」

「はい……」

「隣に座ってるの、転校生の永坂っていうんだよ。色々、教えてやってな」

声に出さずに藤沢は頷くと、自分の席に帰って行った。藤沢が自分の席に戻り、椅子を引こうとした瞬間、ぐらり、と突き上げられるように床が揺れはじめた。窓ガラスががたがたと大きな音を立てる。生徒たちが不安そうに教室を見回した。きゃーーー、という誰かの声が聞こえた。

「おい、机の下、早く！」

生徒たちが慌てて椅子を引き、机の下に隠れる。学校そのものは、昨年、耐震工事を終えたばかりだから、よほど大きな地震でない限り倒壊する危険はないが、揺れの長さが気になった。海のない山に囲まれた場所なのに、地震ですぐに津波の光景を思い浮かべてしまうのは、三年前に起こった地震でテレビを見続けていたせいだ。

ようやく揺れが収まって、生徒たちが次々に机の下から顔を出した。怖々と天井を見上げ、隣にいる生徒と、「まじ、びびった」「なんだこれ」と興奮した言葉を交わし合っている。どこからか女子生徒の泣き声が聞こえた。

「おい、だいじょうぶか」

生徒と、列の乱れた机と椅子の間を歩き、声のするほうに歩いていく。教室の後ろにある棚の前にうずくまっている二人が見えた。二人を生徒たちが取り囲んでいる。生徒をかき分け、近づいた。床にぺたんと座り込み、胸をおさえて泣きわめく永坂の背中を、藤沢が擦り続けていた。永坂は声をあげて泣き続ける。その姿はまるで幼児のようだ。この学校に来てから永坂がこんなふうに感情をあらわす姿を初めて見た。そしてまた、今日、久しぶりに学校にやってきた藤沢がこんなふうにクラスメートを気遣う姿を、自分も、そして生徒たちも初めて目にしたのだった。

藤沢に永坂を保健室に連れて行くように言い、怪我をしている者や動揺している者がいないかを確認した。この場所に越してきてから、これほど大きな地震に遭遇したのは、この前の地震以来だった。今日は保育園にいるはずの戸紀子のことも気になった。それよりも、気になっていたのは、動揺し、子どものように泣き続ける永坂の姿だった。

職員室に戻る前に保健室に立ち寄った。白衣を着た先生に頭を下げると、彼女も会釈し、真ん中のベッドを指さした。白いカーテンを少し開けると、心配そうな顔をした藤沢がベッドで横になっている永坂を見つめている。

「……ずっと泣いてました。それから眠って、まだ目を覚まさないみたいで……」

「そっか……」

少し近づいて永坂の顔を見た。閉じた白い瞼(まぶた)に青い血管が透けている。髪の毛と同じように長く黒い睫が、涙のせいだろうか、ところどころ、固まって見えた。息をしていないかのように静かに深く眠っている。もしかしたら、ユキの死に顔もこんなふうだったのかもしれない、とふと思った。実際のところは、頭と顔の損傷がひどく、柩(ひつぎ)が開けられることはなかったのだが。

「藤沢も無理したらだめだぞ。復帰一日目から大変だったな」

そう声をかけると、頬を赤らめ、照れたように頷いた。

一学期までは、目の前の永坂のように保健室のベッドにいたのは、藤沢だったのが、なんだか不思議な気がした。二人の生徒が入れ替わるように、労り、労られる関係になっていることは、もしかして、永坂にとっても、藤沢にとっても、悪いことではないんじゃないか、と、ふと、そんな気もした。

藤沢は、翌日、学校を休み、自分を軽く落胆させたが、その翌日はまた、登校した。あせってはいけない、と自分に言い聞かせながら、藤沢の様子を見守っていた。

週に二日だった登校が、週に三日になり、集団登山を目前に控えた九月下旬には、ほとんど毎日、学校に顔を見せるようになった。

学校にいる間、藤沢はずっと永坂のそばにいるようになった。教室を移動するときも、朝のランニングの時間も、番犬のように寄り添っていた。一方的に話しかけているのは、藤沢のほうで、永坂は相変わらず喜怒哀楽を顔にあらわさず、藤沢の言うことに、頷いたり、首を横に振ったりしているだけだった。藤沢にかまわれることがいやなのかどうかもわからない。けれど、どういうわけだか、永坂と藤沢が二人いっしょにいると、藤沢や転校したばかりの永坂にいじわるをしていた西村のグループが近寄らなくなった。地震のときに激しく泣いた永坂をクラスの誰かがからかうのではないか、という心配も余計なことだった。どちらがどちらを守っているのかはわからなかったが、それは、二人にとっても、二人の担任である自分にとっても、たぶんよいことなのだ、と思い込もうとした。

下校時、鞄を手にした永坂が珍しく一人で廊下を歩いていた。

「おい、永坂」

呼び止めると足を止めた。じっと自分の顔を見て黙っている。その視線の強さにたじろぐ自分がどこかにいる。

「藤沢と仲良くやれよ。友だちできてよかったな」

そう言った瞬間、永坂のくちびるが少しだけ歪んだように動いた。

「友だちだなんて思ってないです」

それだけ言うと、永坂は再び、廊下を歩きはじめた。中学二年の子どもによくある、小さな反抗だと頭のなかではわかっている。けれど、なぜだか、その言葉に傷をつけられたような気がした。永坂の背中が小さくなっていく。自分は、廊下の角を曲がるまで、背中の三つ編みが、永坂の歩くリズムで揺れているのを、ただ、じっと見ているしかなかった。


「ねぇ……」

気がつくと、戸紀子が箸を手にしたまま、こちらをのぞきこんでいた。

「だいじょうぶ？　ぼーっとしてるけど」

「あ、あぁ、学校で、集団登山の前だろ。いろいろ準備が忙しくてさ」

言いながら、まだ、ほとんど箸をつけていなかった目の前のおかずを口いっぱいに放りこんだ。

今週に入ってから気温はぐっと下がり、まだ、ストーブをつけるほどではなかったが、朝晩は肌寒さを感じるほどだった。戸紀子が作るさまざまな料理の温度と湿度が部屋を満たしている。土地でとれたさまざまな野菜を使った体にいい料理が目の前にあって、美しく健康な妻が自分に微笑んでいる。端から見れば、申し分のない人生だ。藤沢だって、学校に来るようになった。問題の芽は自分の受け持つ生徒たちのどこかで育っているのかもしれないが、今すぐ対処すべきことは、とりあえずはない。けれど、そう思えば思うほど、自分のいちばん奥底に隠していた暗い何かに、ぽっと火が灯(とも)るような気がした。

風呂上がり、タオルを首にかけたまま、缶ビールを手にしていると、背中から戸紀子が腕を伸ばしてくる。

「すっごい、こってるねぇ」

戸紀子は指先で強弱をつけながらかたくなった筋肉をこねまわした。しばらくの間、目を閉じ、戸紀子の指の動きだけを感じていた。ふいに浮かんでくるのは、この前、学校の廊下で見た永坂の背中だった。女、というにはほど遠い、まだ、子どもの気配を残した体。首も、腕も、ひとひねりすれば折れてしまうような骨。関節をつつむ薄い肉。水分を含んだ皮膚。生徒に、そんな気持ちを抱いたことはなかった。それまで、自分の目の前にいたのは、がさつで、下品で、落ち着きのない、猿のような子どもたちだったのだから。

清潔な布団にぐったりとした体を横たえると、照明を消した戸紀子がそっと自分の隣に体を滑り込ませてきた。さっき、筋肉をもみほぐしていた長い指がパジャマのズボンに忍びこんでくる。先端にそっと触れ、何かを確かめたかと思うと、戸紀子が布団に潜りこんだ。温かい、というにはほど遠い、熱いくらいの粘膜に突然包まれてしまう。舌先が先端の割れ目を撫で、皺をくちびるで吸い上げる。まるで潜っていた水中から水面に顔を出すように、戸紀子は布団から顔を出し、パジャマの下だけを脱いだ。いきなり跨がり、飲みこんでしまう。戸紀子は片手で自分の乳首をつまみ、もう片方の手で突起を擦りながら腰を動かす。何もする必要はなかった。自分は、ただ、頭のなかにある像を、鮮明に映し出すことに集中した。自分の上で腰を振っている、セーラー服のユキを。

いつものことだった。毎回そうだった。

戸紀子とするときにはいつも、ユキを思い浮かべていた。戸紀子のように、どろどろに溶けた果実のようでなく、ユキのなかはかたく、ひんやりとしていた。その秘密を抱えている後ろめたさがあるからこそ、戸紀子にやさしくできるのかもしれなかった。戸紀子の高まりが、つながった部分から伝わってくる。ユキの姿が揺れ、だぶり、いつの間にか、ユキは永坂になっていた。永坂の三つ編みの揺れが速くなる。髪がほどけ、広がる。我慢していた声が漏れる。自分が放ったものを吸い上げるように、永坂のなかが小刻みに震える。突然、熱を持ったような体の重みを感じる。接合が外れた場所から、雌と雄のにおいがする。まだ息の荒い戸紀子が首筋に顔を埋めて笑いながら言う。

「赤ちゃんできたらいいね」

その言葉に自分の体からすっ、と熱が引いていく。

三日後に迫った集団登山に備えて、長い職員会議が終わったあと、ホームセンターに車を走らせた。登山用の靴下とレインウエアを購入したかった。生徒たちも、学校指定の冬用のジャージの上にそれぞれがウインドブレーカーやレインウエアを用意することになっていた。天気予報によれば、ここしばらくは晴天が続くらしいが、山の天気はあてにならない。登山に着ていく服や靴の説明は夏休みが始まる前に保護者に向けて行われ、業者が体育館にやってきて販売した。

平日の夜、店内は人もまばらだった。フロアのいちばん奥にある登山用品売り場にカートを押して歩いて行った。カラフルなレインウエアが並ぶ一角で、値段とサイズを比べながら商品を選んでいると、目の端に何か動くものが映ったような気がした。そちらに顔を向けると、ウインドブレーカーの袖を持って、永坂が俯いて一人立っている。この前、ここで見たときと同じ紺のトレーナーを着た永坂は横から見ると、驚くほど体が薄い。気づかれないように近づいた。

「……おい」

逃げだそうとする永坂の腕をつかんだ。困惑したその表情を見ているうちに気づいた。

「これだろ。ウインドブレーカー」

永坂は黙ったままだが、その顔にかすかに恥の表情が見え隠れする。

「サイズ……これくらいか。ちょっとうしろ向いて」

生徒たちが買った物と同じメーカーを選んだ。一着を手に取り、永坂の背中にあてて肩幅と丈を見る。永坂の表情はわからないが、されるがままになっている。

「じゃ、これでいいか」

そう言ってカートに入れた。

「いらない」永坂は何度もそう言ったが耳を貸さずにレジに向かった。

ほら、と紙袋を渡すと、永坂は困ったような顔をして、それでもぺこり、と頭を下げた。

「腹、減ってないか。ちょっとつきあえ」

強引に永坂を下のフードコートに誘った。空いているテーブルに座っているように言い、醤油ラーメンを二つ、餃子を一つ頼んで、トレイに載せて運んだ。自分がラーメンを注文している間に、永坂がいなくなってしまうような気がしていたが、永坂は紙袋を自分の横に置いて座り、どこかをぼんやり見ていた。二人で、ただ黙ってラーメンを食べはじめた。

「自転車で来たのか？」

永坂が首を振る。

「もう、外暗いから。家の近くまで送るから」

そう言っても黙ったまま、箸で麺を口に運んでいる。夕食の時間はとっくに過ぎているはずだが、永坂は瞬く間にラーメンを平らげた。餃子は一つだけ自分が食べたが、皿を永坂のほうに置くと、残りを全部食べた。

「伯母さんとうまくやってるか？」

永坂の手が止まる。油の浮いたラーメンのどんぶりのなかをじっと見つめている。目を伏せたときに見える睫の長さと濃さに自分のどこかがちりちりと痛む。いきなりすぎたか、と、後悔がじわりとわき上がる。永坂は何も言わない。自分も、ただ黙々と残りのラーメンを食べた。

永坂を助手席に乗せ、車を走らせた。永坂に説明してもらった自宅の近くまで、ここから車で十分もあれば着けるはずだが、国道の車の列はなかなか進まない。永坂は紙袋を膝の上に乗せたまま、じっと前を見ているが、時々、こくり、こくり、と小さな頭が傾き、はっ、と気づいては、座り直し、また前を見た。車がやっと動き、国道を逸(そ)れて脇道に入る。モーテルの派手なイルミネーションが目にまぶしい。

「もうすぐだな……」

「先生……入ってもいいですよそこ。これ……買ってもらったし」

窓の外を指さしながら自分の横顔を見つめる視線の強さは、永坂の顔を見ていなくても感じられた。

「冗談でも子どもがそういうこと言うな。ほら」

怒ったようにそう言って、急勾配の坂の途中にある空き地に車を停めて永坂を下ろした。ドアを閉めた永坂が手にした紙袋を掲げる。それを指さして頭を下げた。永坂が家の前まで行かなくていい、と頑なに言うので、その場所で下ろしたが、本当にそれで良かったのか、と車を発進させながら思った。バックミラーに映る、だんだん小さくなっていく永坂を見ながら、なぜだか子犬を一匹置き去りにしたような、そんな気分になっていた。

集団登山の日は、快晴とは言えない雲の多い天気だった。雨が降る心配はなさそうだが、気温が上がればそれだけ生徒たちの体力消耗も激しくなる。自分は五回目、ほかの教師はもう何度も引率している山ではあるが、普段の学校生活とは違った緊張感が走る。

山道に入る前の広場で行われた朝礼で、並んだ生徒たちの顔色を一人ひとりチェックする。藤沢の顔色は悪くない。自ら登りたいと主張して参加した登山だが、この前まで部屋に引きこもっていた生徒だ。どんな体調の変化があるかわからない。永坂が目に入る。一瞬見ただけで目を逸らすが、その顔を自分の目ははっきりと記憶してしまう。その横で西村が、不機嫌そうな顔でそっぽを向いている。

百五人の生徒に、教師が六人、役場から派遣された山岳ガイドの男性が一人、その集団がのろのろと山道に入っていく。緩やかに傾斜した細い道が、うねるように湾曲しながら、奥へと続いていく。登りはじめた頃は、生徒たちの話し声も絶えず聞こえるが、道の勾配がきつくなるにつれ、荒い息づかいだけが聞こえてくるようになる。そのうち、皆、ただ、黙々と山道を辿ることだけに集中していく。

先頭グループとともに歩いていくが、時折、足を止めて、後ろからやって来るグループをチェックする。藤沢のグループがやってきた。

「だいじょぶか？」声をかけると、

「はい」と苦しそうに返事をするが、顔色は悪くない。

「きつくなったらすぐに言うこと。もうすぐ休憩できるから」

そう言うと、何も言わずに頷いた。

檜林(ひのき)の暗い山道を過ぎると、ごつごつとした岩が目立ちはじめ、さらに歩くと、水の流れる音が聞こえてくる。最近、架け替えられたばかりらしい木の橋を渡り、その先にある渓流沿いの岩場で十五分ほどの休憩を取る。この場所でグループごとに体調をチェックし、リーダーが自分に報告することになっていた。クラスに五人いるリーダーたちが次々にやって来るが、あと一人、西村だけがやってこない。目をやると、西村が永坂に何かを言い、永坂が険しい顔でにらみ返している。二人を取り囲む生徒の表情もかたい。

「おい、西村！　報告受けてないぞ」

そう叫ぶと、頬を膨らませ、だらだらとこちらに歩いてくる。

「みんな、だいじょうぶか」そう聞いたのに、

「山登りなんかくだんねぇ」と、言いながらそっぽを向く。

「グループのみんなはだいじょうぶか？」

西村の言葉を無視し、もう一度同じことを聞いた。西村は自分の顔をにらみつけ、しばらく黙っていたが、他のクラスの教師が出発のホイッスルを吹くのが聞こえると、

「問題ない」とぼそっと言い、元いた場所に戻って行った。西村は同じグループの友人のもとに駆け寄り、その腕を摑んだ。振り返って、また、永坂をにらむ。問題ありだろ、と

思いながら、自分も、のろのろと進みはじめた列に続いた。

　再び、三十分ほど暗い山道を歩き続けると、その先に急に光の射す場所が見えてくる。右手に大きな瘤のあるコブシの木を過ぎれば、山頂まではあっという間だ。生徒のことばかり気になっているが、自分も慣れない登山靴のつま先が痛むし、ふくらはぎの筋肉もつらくなってきた。

　ガスが出ていて、山頂から遠くの山々を見ることはできなかったが、それでも、何度登っても達成感がある。生徒たちを引率しながらの集団登山が半分終わった、という安心感もあった。クラスごとに写真を撮り、少し休憩をとったあとは、来たときとは違う山道を下り、途中にある山小屋で昼食をとることになっていた。

　教師たちは山小屋のなかで、生徒たちはそれぞれが持ち寄った弁当を山小屋前の広場で広げる。出席番号順にグループ分けした自分のクラスは、昼食だけは好きな者同士で食べていいことになっていた。戸紀子が朝、作ってくれた韓国風の海苔巻きの詰まった弁当箱を開けると、隣にいた独身の男性教師が、「うわっ、先生のところ愛妻弁当。うまそうだなぁ」と声をあげた。

「少し、ガスが出てきたから、早めに切り上げたほうがいいかもですねぇ」

　同じテーブルに座った山岳ガイドの生島さんが缶コーヒーを飲みながら言い、ほかの教師もそれに同意した。窓の外に目をやった。確かに、朝よりも、厚い雲が空を覆い、視界がぼんやりとしている。視線を下げると、たくさんの生徒がビニールシートを広げている広場の隅っこ、岩の上で、藤沢と永坂が並んで座っていた。ペットボトルの水を飲む永坂に、藤沢が自分の手にしている弁当箱を差し出すが、永坂はただ首を横にふるだけだ。まさか、弁当、持ってきてないのか、とふと思った。生島さんが、

「じゃあ、そろそろ」と声をかけ、教師たちが弁当や空き缶を片付けはじめた。

山道を下れば下るほど、気温が急に下がってきたように感じた。途中の休憩場所で生徒たちに声をかけ、ウインドブレーカーを着るように伝えた。短い休憩を終え、教師と生徒の列が再びのろのろと進みだした。

少し前を歩いていた藤沢に、「よくがんばったな」と声をかけると、うれしそうに頷く。

「あのさ、藤沢。永坂、昼めし」そこまで言いかけたところで、金切り声が聞こえてきた。皆が振り返る。いちばんうしろを歩くグループのほうだ。下りてきた山道をまた登り、声のするほうに歩いた。西村が永坂の肩を押して、何かを叫んでいる。

足を止めて振り返る生徒たちを前に進むように促して、二人のほうに近づいた。

「あんたなんか親もいないんじゃん」

西村の大きな声が山のなかに響く。

「おい。西村、何やってんだ」

そう言うと、西村が自分の顔を一瞬にらんだが、すぐにまた大きな声を出した。

「みるく、なんて、変な名前だからだよ。そんな変な名前つけた親だから、津波にのまれて死んじゃったんだよ。うちのママが言ってたよ」「おい！　いい加減にしろ」

怒鳴るように言うと、西村は駆け出し、先を歩いていたほかの生徒たちに混じったが、また、振り返って言った。

「あたしたちに近づかないでよ！」

振り返ると、永坂の顔が紙のように白い。

「おい。永坂、だいじょぶか？」

その言葉も聞かず、永坂が山道から外れ、山のなかを駆け出した。

咄嗟にそばにいた男子生徒に、

「前にいる先生たちに伝えてすぐ！」と叫びながら、永坂を追いかけた。あの日、自分が買ってやったウインドブレーカーを着た永坂の小さな背中を。

永坂の足は、野兎のように速い。見失ってはいけないと思い、必死で追うが、いつの間にか降りはじめた雨でぬかるんだ地面に、思いの外足をとられる。

「おい！　止まれ！　止まれ！　永坂！」

　そう叫んではみるものの、永坂は瞬く間に山の奥に進んで行く。前を塞ぐ笹を手で払いながら、それでも前に進んだ。ざっ、と何かが滑り落ちる音とともに、小さな叫び声が聞こえた気がした。笹林を抜けると、永坂の姿が見えない。まさか、と思いながら、下をのぞくと、二メートルほど下にある開けた場所に横たわった永坂の姿が見えた。

　木の枝や、長く伸びた草、露出した岩につかまりながら、慎重に永坂のいる所に下りて行った。岩でぶつけたのか右膝を抱え、顔を歪ませている。

「だいじょうぶか？」と聞いたが、永坂は答えない。横になっている永坂を起き上がらせた。顔もウインドブレーカーも土で汚れている。ふと、空を見上げた。雨はさっきよりも強くなっている。雨と風の音だけでなく、どこかで水の流れる音もする。登ってくる途中で休憩した渓流だろうか。それよりも、生徒たちの声も聞こえない。自分と永坂はいったいどこにいるのか、それがわからないことに急に怖さを感じた。

　集団登山の教師用の講習会で、万一迷ったときは、パニックになってやたらに動き回らないこと、と何度も言われていた。山のなかを走った距離から考えれば、それほど、みんなと離れた感じはしないが、夜までに誰かに見つけてもらわない限り、最悪、ビバークの可能性だってある。それよりも心配なのは雨だった。このまま強くなれば、薄手のウインドブレーカーだけでは、体温はどんどん奪われていくだろう。

とにかく雨をよけよう、とまわりを見回す。斜面の下、大きな岩に、白く枯れた倒木が寄りかかり、小さな横穴ができている場所が見えた。あそこに隠れられないだろうか、と、永坂に肩を貸して歩かせ、岩の上に座らせてから、なかを見た。枯れ葉が吹きだまっているが、濡れたり、水がたまっている様子もない。永坂一人は余裕で入れそうだ。リュックから取り出した銀色の保温シートを敷き、永坂をそこに座らせた。

自分はその場所が見える少し離れたブナの木の下に隠れた。試しに携帯で同行の教師と戸紀子にメールを打つが、電波の状態が悪いのか、送信はできない。

横穴のなかで永坂は膝を抱えて座っている。

近づき、「腹、空いてるだろ?」と、リュックに入れてあったチョコレートを差し出すと、しばらく自分の顔を見ていたが、丁寧に包み紙を剝がし、小さく割って、ひとかけらを口に入れた。

「もっと食べていいぞ」と言っても、残りのチョコレートを大事そうに包み直してしまう。

「残りもので悪いけど……」そう言って弁当箱を開けた。戸紀子が作った海苔巻きが、まだ、三つ、四つ残っていた。永坂はそれもひとつだけ口にすると、弁当箱を自分に返した。

「すぐに先生たちが見つけてくれるから。だいじょうぶだから」

そう言いながら、自分は今日、何回、だいじょうぶ、という言葉を口にしているのだろうと思った。藤沢に、西村に、永坂に。教師になって、いったい何度、その言葉を口にしたんだろう。今、自分はぜんぜんだいじょうぶじゃない状態なのに。そう思うと、口元に自嘲めいた笑いがこみ上げてくる。

雨は降ったりやんだりをくり返していた。

遠くのほうから確かに水の流れる音がするのだが、一人で見に行って、万一、永坂がまた、どこかに行ってしまったら、と思うと、確認しに行く足が鈍った。

永坂は膝を抱え不安そうな顔で足元を見ている。その顔にどこか見覚えのあるような気がした。ユキが川で溺れかけ、楽しそうな大人たちに混じれずにいた、あのとき。世界にたった二人で取り残されたような気分だった。今と同じだ。ユキと自分。永坂と自分。永坂は足元に落ちた枯れ葉を拾い、それを指で小さくちぎっている。さっき、西村が叫んだ言葉がひっかかっていた。校長からもそんなことは聞いていなかった。それが本当だとして、なぜ、西村の母親が知っているのか。まったくの嘘かもしれないことを、永坂に確かめることはできずにいた。

腕時計を見る。午後二時過ぎ。山の中の日没は早いだろう。日が暮れてしまえば、気温は今よりもっと低くなるはず。その前になんとかして見つけてほしかった。急に雨が強くなってきた。ウインドブレーカーの上を雨の丸い粒が滑り落ちて行く。急に気温も下がったような気がした。まさか、と思って上を見ると、雨はいつの間にかみぞれに変わっていた。雨よりも雪のほうがもっとまずい。もし、このまま誰にも見つけてもらえなかったら。

とりあえず自分の気持ちを落ち着けるためにもリュックに入っている物を確認しようと思った。五百ミリリットルの水のペットボトルが二本、水筒に入れてきた温かいお茶は残り少ない。さっき永坂に食べさせたチョコレート、キャンディ、弁当の残りを入れたタッパー、体を温めるものがないのがさらに不安をかき立てた。日帰りの登山だ。テントも、コンロもない。リュックの底のほうで何かが手に触れた。引っ張り上げて見ると、戸紀子が持っていったほうがいいと渡してくれた緊急用の警笛ホイッスルだった。口にくわえ、吹いてみた。聞こえているのかどうかはわからないが、五回、長く吹いた。その音が山のなかに響く。他の教師も生徒を集合させるときのためのホイッスルを持っている。この音がもし誰かの耳に届いたら反応があるはず、としばらく待ってみたが何も聞こえない。五分後くらいにもう一度吹いてみようと紐を首にかけた。見上げると、みぞれはもうはっきりと雪のカタチになっていた。背中がぞくぞくとしはじめた。熱を出す前にはいつもこんな感じがする。無意識に腕をさすっていた。

そのとき、自分のすねに小石が当たった。前を見ると、永坂が小石を自分に向かって投げていた。自分の横の保温シートを手のひらで叩いている。座れ、という意味だろうか。

永坂が、もう一回、保温シートを強く叩く。

永坂は横穴の端ぎりぎりに体を寄せ、自分が座るスペースを作ってくれた。躊躇(ちゅうちょ)はしたが、じわじわと這い上がるようにやってくる寒さに耐えられそうになかった。

永坂の隣に腰を下ろした。かなり窮屈だが、背中を丸めれば入れないこともなかった。永坂とできるだけ体を離したかったが、それでもどうしてもウインドブレーカーを着た腕は触れあってしまう。洋服ごしに永坂の体温が伝わってきた。それはなぜだか、子どもの頃、夜店で売られていたひよこの温かさを思い出させた。

靴の上に置いたリュックからペットボトルの水を出して永坂に渡した。永坂は、それもまた、一口飲んだだけで、キャップをかたく閉めた。水や食料がなくなることが不安なのかもしれない、とふと思った。

「……弁当、作ってもらえなかったのか？」

永坂は何も答えない。聞いてはみたものの、こういう状況で問い詰めるのはやめようと思った。疲れたのか、顔を膝に埋めてそのまま動かない。眠いのなら、少し眠らせてやろう、と自分も膝を抱え、黙った。さっき、永坂が食べたチョコレートを割って口に入れる。疲れているのか、甘さが染み渡る。舌の上で溶けていくチョコレートを少しずつ飲み込んだ。さっきより、あたりは確実に暗くなっている。永坂が起きたら、もう一度、ホイッスルを吹こうと思った。雪は時折、ふわりふわりと落ちてくるが、積もるような雪ではなさそうだ。このままやんでくれたら、と、ただそれだけを思う。

さっき、西村が永坂に言った言葉を思い出していた。校長は永坂が前に住んでいた町の名前を告げなかった。西村の言ったことが本当だとしたら、自分が住んでいた場所を伝えないでほしいという永坂自身の希望なのかもしれない、という気がした。横を見る。白い地肌が露出した小さなつむじが見えたが、見てはいけないものを見たような気がして目を逸らした。ふいに、いつかの教室での出来事が頭のなかでつながった。

だから、あのとき、あんなに地震を。

「ほんとのことなの」

突然くぐもった声が聞こえた。永坂が顔を上げ、顔にかかった髪の毛を耳のうしろにかけた。それからゆっくり右の膝を手のひらで撫でた。

「痛いか？」

ううん、と永坂が首を振った。

「さっき、あいつが言ったこと全部ほんとなの」前を向いたまま永坂が言った。

「……あの日、私だけ友だちの家にいたから。……流されて、パパもママも見つからないの、今も」

永坂の視線が上から下に動く。

空から落ちてくる雪を目で追っているのかもしれない、と思った。

「せんせ……」

永坂がこちらを向いた。そんなに間近に永坂の顔を見るのは初めてだった。泣いてもいないし、泣きべそもかいていないことに少しほっとしたが、その顔はやはりユキを連想させた。

「わたし、ずっとひとりぼっちなのかな……」

咄嗟に目を逸らしたが、永坂は自分の顔をじっと見つめていた。

だいじょうぶだから、とはどうしても言葉にできなかった。わからない、とも言えなかった。永坂がそんなことを考えていたのか、という驚きとともに、どうにも名付けようのない感情に自分の体が支配されていった。ユキに、そう言われているような気がしたからだ。途中で生を絶ったユキに。同時に思い出したのは戸紀子のことだった。戸紀子を、どこかで遠ざけていた。戸紀子との生活が途切れることなどないだろうと思いこんでいた。けれど、ユキの生のように、そして、あの日を境に変わってしまった永坂の暮らしのように、戸紀子の生も、戸紀子との生活もいつかどこかでぷつん、と終わってしまうことを自分はまったく考えてはいなかった。

　それが自分の泣き声だと気づくまでに時間がかかった。手のひらで口を覆ったが、その隙間から声は漏れた。背中に温かい永坂の手が触れ、その次に、右腕が自分の首にまわされた。永坂の細い腕が自分を抱きしめていた。十四歳の子どもの肩に頭を乗せ、声を殺して泣いた。永坂は泣きもせず、ただ、いつまでも、その小さな手で自分の背中を擦り続けていた。ユキに抱きしめられているような、そんな気がした。

　目を覚ましたときには腕のなかに永坂がいた。あたりはすっかり夜の気配で満たされ、暗闇に目が慣れるまで時間がかかった。雪もやんで、空からはもう何も降ってはこなかった。木々の茂みの上にある灰色の空に、かすかに星が瞬いているのが見える。胸のあたりから永坂の寝息が聞こえてきた。規則的な呼吸のリズム。吐き出す息の温かさを感じていた。自分の手が永坂の後頭部の丸みを撫で、くちびるでつむじのあたりにそっと触れた。腕のなかで、永坂はユキになり、そして、戸紀子になった。目の前にいるのは永坂でなく、女、という存在そのものなのかもしれなかった。

　閉じた瞼の内側に、丸く、白いものがうごめいている。目をつぶっていてもその光の強さがわかった。すぐそばで聞こえる断続的な、耳をつんざくようなホイッスルの音。うっすらと目を開けると、自分が誰かが手にしたライトで照らされているのがわかった。近づいてくる登山靴の足音。ざわざわと聞こえてくる人の声。光を遮ろうと目のあたりに手のひらを当てるが、それでも眩しさに耐えきれず、ぎゅっと目をつぶってしまう。

ホイッスルを吹き続けているのが、永坂だとわかるまで、しばらく時間がかかった。

少しずつ目を開けると白いものが見えた。いつの間にか、雪が薄く積もっていた。視線を上げると、山岳ガイドの生島さんの顔が見えた。同僚の教師たち。校長、地元の消防団だろうか、屈強な肉体を持った男たちが自分の前にいた。

「もうだいじょうぶだから」

駆け寄った永坂を女性教師が抱きしめる。永坂は声をあげて泣いていた。いつか見た地震のときのように。そして、何かを大きな声で叫んでいる。その言葉を聞いた大人たちが自分に視線を向ける。薄目のまま永坂を見た。ウインドブレーカーの左袖だけに腕を通し、下に着たジャージがめくれ上がっている。髪の毛は半分だけ結ばれ、結ばれていないほうの髪の毛がくしを通していないかのように乱れていた。

「先生がぁ、先生がぁ、私のことぉぉぉぉ」

だいじょうぶ、だいじょうぶだからね。女性教師が永坂をなだめ、オレンジ色の毛布で永坂の体を包んだ。怖かった、怖かったようぅ。永坂の声は止まない。頭がずきずきと痛み、体はまだ半分も目覚めてはいないが、自分に向けられている視線の温度が急に冷ややかになったことだけは、はっきりとわかる。まるで、目の前にいるのが、人ではなく、歯を剝いた野犬の群れのような気がしてくる。しばらくの間考えたが、永坂の言葉の意味がわからなかった。自分は永坂を腕のなかに抱いて、ほんの少しの間、眠っていただけだ。けれど、今、自分は、手も足も、弁解の言葉も出ない状況にいることだけがわかった。

こんな目に遭うのは、ユキを助けなかった呪いなのか、それとも戸紀子を受け止めなかった罰だろうか。

ゆっくりと体を起こした自分に、暗闇のなかから誰かがゆっくり近づいてきた。険しい顔をした一人の女。赤いダウンジャケットを着た戸紀子が、今まで見たことのないような表情で。誤解だ、と言い終わる前に、頰を強く張られた。口のなかに血の味がゆっくりと広がっていく。電動ドリルで額に穴を開けられている自分の姿が、ありありと目に浮かんだ。そうすればもう自分はユキの夢を見なくてすむだろうか。

発熱している頭でぼんやりと思った。

自分は、いったい誰に裁きを受けているのだろう、と。

あたたかい雨の降水過程

食道が見えるくらいに大きく開かれた口、血色の良さをあらわすほっぺの赤いまんまる。再放送されていたアニメのハイジを見たとき、私はひどく落胆した。ヨハンナ・シュピリの『ハイジ』を読んで、頭のなかでこしらえた少女、ハイジはどこにもいなかったからだ。信仰を抱え、山に暮らす人間は、心のなかにかたい石のようなものを抱えているはずだ。小学生の私にはうまく表現できなかったけれど、そう思った。ハイジもペーターもおじいさんも、あんなに口数は多くないし、感情をまっすぐに表に出すこともないだろう、と。

アニメを見終えたあと、憤慨しながら二階の自分の部屋に戻り、出窓のそばにおいた『こどものせいしょ』の表紙に触れた。カーテン越しに見える白々とした街灯が目を射る。夕食を終えた下のリビングでは、父と母がなにやら声をひそめて話す声が、途切れ途切れに聞こえてくる。

日曜日の夜、最近はいつもこんなふうだ。夕食を終えると、父に二階に行くように言われる。まるで自分が犬にでもなったような気分になる。ハウス。家に戻れ、と。

『こどものせいしょ』は、この町のはずれにあるカトリックの教会でもらってきたものだった。私の家には、仏壇もあり、神棚もあった。さまざまな宗教の神様がごちゃまぜで存在する典型的な日本の家だ。その教会で行われている日曜学校に行くようにすすめたのは母だった。

「繭子の好きなね、本がたくさんあるのよ。自由に読んでいいの」

その言葉だけで日曜学校に通うことを決めた。

小学三年生の三学期が始まってすぐ、毎週日曜の長い一日を、教会に隣接した三角屋根の大きな家で過ごすようになった。自分が住む町に教会というものが存在することすら知らなかった。教会も隣接する家も、黒々とした太い木でできていた。初めて見たとき、山小屋みたいだ、と思った。ハイジが住んでいるみたいな。

芝生の庭に面した広い部屋の真ん中には、やはり木でできた大きなテーブルとそれを囲む長いベンチ。その上にはチェーンステッチの刺繍が施されたクッションが並べられていた。壁一面の作りつけの本棚には母の言うとおり、天井まで本が詰まっていた。天井に近い場所には、ニーチェ、ハイデッガー、ウィトゲンシュタインというカタカナが見えたが、私や子どもたちの手の届く場所には、その年齢の子どもが喜びそうな本が並んでいた。大草原の小さな家、ハイジ、長くつ下のピッピ。棚の左側から一冊ずつ手に取り、日曜ごとに読み進めた。

日曜の午前中は教会でミサが行われ、子どもたちはクリスチャンでなくても自由に出席することができた。ミサの段取りも、若い女の人がオルガンで弾く聖歌も、すぐに覚えた。ステンドグラス越しの弱い冬の光。子どもたちが頭にかぶる白いベール。神父は、自分の前に並んだ人たちの口のなかに小さな丸いパンのようなものを入れた。それがうらやましくて仕方がなかった。

昼になると、ミサでよく見かけるおばさんたちが作った簡単なサンドイッチやホットドッグが出て、午後三時には、クッキーやマドレーヌといった焼き菓子が出された。日曜学校といっても、おやつを食べたあとに、神父が聖書の一節を読み上げ、子どもたちにもわかるように話をしたりするくらいで、カトリックの教義を押しつけられることはなかった。来ている子どもはほとんど小学生だったが、自分と同じ学校の子はいなかった。午後のほんの一時間を過ごす子もいれば、自分と同じように、午前中から夕方まで、一日のほとんどを過ごす子もいた。

子ども同士で、自分がここにいる理由を話すことはなかったが、通ううちに「なんらかの事情」を抱えた子らを、ここで預かっているということだけはわかった。

日曜学校に通う前は、毎週、家族三人で遊園地や水族館に出かけていた。けれど、何も話そうとしない父の左手と、母の右手をつかんで、出かけるのは楽しいことではなかった。自分は、二つの乾電池につながった豆電球みたいだ、と思った。つながってはいるが、理科の実験で見たように、ぴかっ、とは光らない。どちらかと言うと、自分の体から発する何かを、父や母に吸い取られているような気がした。それなら、ここで好きな本を誰にも邪魔されずに読んでいるほうがずっといい、と思った。

「人間が一人ぼっちでいるのはよくない。誰か助ける人を作ってやろう」

もうすっかり日が暮れた帰り道、今日の日曜学校で聞いた聖書の言葉を、声に出さず、口のなかでくり返してみる。キリスト教の神様は、アダムから肋骨（ろっこつ）を一本とって、エバを創ったらしい。

どこからか、カレーの香りが漂ってきて、おなかがぐーと鳴った。そこに石けんの香りも混じってきた。あかりが漏れる、細く開いた窓は浴室だろうか、もくもくと立ち上る白い湯気とともに、ざーと、お湯を流す音も聞こえる。

夜になったから、みんな、食事をして、体を清潔にして、そして、眠りにつくのだ。

人間がみな、同じルールを共有していることに、なぜだかほっとする。足を進めるたび、自分の家が近づいてきた。けれど、門柱や門扉や玄関にもあかりがついていないことを、ほんの少し不安に思った。

急行電車を待つホームに立ち、冷蔵庫にあるものと、スーパーで買う必要があるものをすばやく頭のなかでリストアップした。古くなったプチトマトは、半分に切って、卵スープに入れてしまおう。

お昼過ぎまで晴れていた冬の空を灰色の雲が隙間なく覆い、ぽつぽつと雨が降り出してきた。温度も急に下がったようだ。コートの一番上のボタンをとめる。

今日は降らないって言ったからベランダに干してきたのに、二十一世紀になっても当たらない天気予報をうらむ。そのとき、バッグのなかの携帯が震えた。見知らぬ番号を不審に思いながら、耳に当てると男の声が聞こえてきた。駅前にあるスーパーマーケットの店長だった。

下校途中、雨を避けるために傘を自分の前にさしていた息子の晴文（はるふみ）が、スーパーマーケットの駐車場に駐めてあったトラックの荷台の角に額をぶつけたらしい。晴文は今、休憩室に寝かされているのだという。

「出血はそんなにひどくないみたいだけど……ほら、頭だからね。あとでなんかあると……」

そう話す後ろから、「はいはい午後五時半からのタイムサービス！　タイムサービス！」という声が聞こえてくる。

「すぐにそちらに向かいますので」とだけ言って電話を切った。

改札を出ると、さっきよりも雨足が強くなっている。めちゃくちゃな方向から吹き荒れる冷たい雨で、コートや肩にかけたバッグがぐっしょりと濡れた。

店内でしゃがみながら商品を陳列しているバイトらしき男の子に事情を話し、店舗の奥にある休憩室を教えてもらった。ドアを開け、頭を下げると、茶色い人工皮革のソファの上、額にアイスノンを載せて寝ている晴文が見えた。ソファの隣には、なぜだか同じ学童クラブに通う同級生のみつきちゃんが立っている。

「たんこぶができてるし、頭痛も吐き気もないみたいだから、大丈夫だとは思うけどね。まぁ、いちおう念のために病院に行ったほうが安心かもしれない」

脂肪のたっぷりついたおなかを揺らしながら笑う店長に、何度も頭を下げ、晴文のランドセルを肩にかけ、店の外に出た。晴文の黄色い傘は奇妙な形にへし曲がっていて、使いものにならなかった。私の折り畳み傘を広げたけれど、二人の体は納まりきらず、雨が容赦なく、私と晴文の体を濡らす。

頭なら、ＣＴスキャンが撮れる隣町の救急病院のほうがいいのか、と一瞬思ったけれど、この雨のなかを歩いていくと思うと、気が滅入ってくる。とりあえず、いちばん近くのかかりつけの小児科へ、と、街道沿いを歩きはじめた。なぜだか、みつきちゃんもついてくる。

「そばにいてくれてありがとうね。これからおばちゃんたち病院に行くから」

「あたしもいく」

蒸（ふ）かしたての白いおまんじゅうに、彫刻刀で一すじ切り込みをいれたような、細い目で見上げながらそう言う。

「みつきちゃんのおうちと反対方向でしょ。帰りが遅くなると、お母さん心配するよ」

「お母さん、今日はまだ帰ってこないもん」

そう言って、雨に濡れている晴文の肩のあたりに桃色の傘を傾ける。どうやら、みつきちゃんはこのまま家に帰るつもりはないようだった。迷ったが、早く行かないと、病院の診療時間が終わってしまう。仕方なく歩き出した。伸びすぎた黒い髪をゴムでひとつに結んだみつきちゃんと、ふらふらと歩く晴文と三人、びしょ濡れになりながら、病院への道を歩いた。

かかりつけの小児科についたのは、診療が終わるぎりぎり、午後六時五分前だった。

「トラックの荷台の角にぶつけたみたいで。こちらで診（み）ていただけますか」

顔なじみの受付の女性に言うと、腰を上げ、晴文を見て、

「あらぁ、トラックにぶつかったの」と、うれしそうに笑った。

待合室には、赤ちゃんをおくるみに包んで抱えた若い母親だけがいた。

ソファに座ると、晴文は何も言わずに、私の膝に頭を載せた。

「痛い?」

「少し……」青ざめた顔で目を閉じる。

前髪を上げ、スーパーマーケットの休憩室でちらりと見ただけの傷をじっと見る。左の眉毛の上が青黒く変色してぽっこりと腫(は)れ、一センチほどの切り傷ができていた。そのまわりに乾いた赤黒い血がこびりついている。

やりかけの仕事の書類が詰まったバッグからハンカチを出して、晴文の濡れた顔を拭いた。私の右隣に座るみつきちゃんの髪や肩をぬぐうと、薄っぺらいハンカチはすぐにぐっしょり濡れて、使いものにならなくなった。

待合室の隅にある小さな木の本棚には、ぼろぼろになった幼児雑誌や子ども向けの本が並べられている。みつきちゃんはその前にしゃがんで一冊の本を選ぶと、私の隣で広げ、読みはじめた。

おくるみに包まれた赤ちゃんが、時折むずかって、子猫のような泣き声をあげた。

母親が立ち上がり、赤ちゃんのおしりのあたりをやさしくぽんぽんと叩きながら、体を左右に揺らす。ふと腕時計を見た。午後六時五分。受付の女性が入口にあるスリッパを片付けはじめた。薄桃色の公衆電話が置かれた台の下に、手際よく重ねたスリッパをしまう。それを見ていて思った。バッグのなかの携帯を手にとる。

「みつきちゃん、おうちに電話したほうがいいよ。携帯貸してあげるから。お母さん心配してるかもしれないし」

「いいの」

私の顔を見ないでそう言ったきり、開いた本を見つめている。

仕方なく、携帯をまたバッグにしまった。

みつきちゃんが膝の上で広げているのは、アルプスの少女ハイジの絵本だった。アニメのハイジが大きな口を開け、やぎのユキちゃんと草の上を転げ回っていた。

「このハイジ変な顔」

ハイジの顔を指差して、みつきちゃんが私に笑いかけた。

「そう？　でもみつきちゃんに似てるよ」

そう言った瞬間、右の頰でぱちん、と大きな音がした。

痛くはなかった。音に驚いた若い母親が不安げにこちらを見ている。私の頰を叩いた小さな手をつかんで、低い声で「どうしてそんなことするの」と言うのがやっとだった。みつきちゃんが表情の読み取れない細い目で私を見ている。院長先生が呼ぶ声が聞こえる。晴文を抱えるようにして診察室に入った。みつきちゃんはついてこない。

「縫うほどのことはないよ。たんこぶもできてるし。吐いたりしてないでしょう？　頭が痛いかい？」

院長先生の言葉に晴文が力なく首をふる。

「消毒だけしておこうね」

ガラス瓶の蓋を開け、消毒液に浸されたコットンをピンセットでつまむ院長先生の脂気のない手を見つめていたら、子どもの同級生に頬を叩かれた、というショックがじわじわとわき上がってきた。いつもそうだ。やっかいな感情はワンテンポ遅れてやってくる。

待合室に戻ると、一人ぽつんとソファに座ったみつきちゃんが私を見た。その視線には応えず、会計を済ませて外に出た。みつきちゃんを一度も見ずに、自宅のほうへ歩き出した。子どもを無視しているという罪悪感のような感情がわき起こり、しばらく歩いて、角を曲がる直前で振り返った。桃色の小さな傘が遠くに見える。

「お母さん、怒ってるの？」

晴文が心配そうな声を出し、私を見上げる。私は何も言わない。晴文は立ち止まり、みつきちゃんの後ろ姿を確認した。そんな晴文にも無性に腹が立ち、私は何も言わずに雨のなかを歩きはじめた。


「ひどいと思いませんか？　ビンタですよビンタ」

「片山さんがまた、なんかひっかかるようなこと言ったんでしょうよ。口が悪いから」

笑いながらそう言われて言葉に詰まった。上崎さんが卵焼きを口に入れる。そうしながら、机に広げた経済新聞から目を離さない。

このフロアでいちばん広い会議室の片隅。私と上崎さん以外にも、持参したお弁当やコンビニエンスストアで買ったお昼を広げる人たちが、コの字形に並べられたテーブルに、適度な間隔を空けて座っていた。

朝、昨日の残り物をあわててタッパーに詰めたお弁当は、ごはんやおかずが片方に寄っていた。結局、昨日の夕飯で使わなかったプチトマトを、プラスチックの箸でつまもうとするが、なかなかうまくいかない。

隣に座る上崎さんはコンビニエンスストアで買ったお弁当を食べている。私より五歳年上で、小学六年生の娘がいて、働きながら、一人で子どもを育てている。自分にとっては上司になるが、共通する境遇から、会社のなかでいちばんよく話をする人だった。

「だってその子、ハイジが変な顔、って言ったんでしょ。それに似てるって言われたら腹も立つでしょ」

「健康そうなところが似てる、って意味で言ったんですけど……」

プチトマトの萎(しお)れたヘタを、弁当箱の蓋の上に置いた。

「そう思ってたって口に出さないと通じないよ。相手は子どもだもん……片山さんは女の子、育てたことないからわからないかもしれないけれど、小学生なら、もう立派に思考回路は女よ。容姿に関する言葉なんてめちゃくちゃ敏感なんだから」

「そういうものですか」

「そういうものだよ」

緑茶のペットボトルに口をつけて、上崎さんが上をむいてごくごくとのむ。まるで部活を終えたばかりの高校生みたいに。保育園、小学校、学童クラブと、子どものことで何かと相談にのってもらった。晴文が五歳になったとき、夫と離れて暮らす相談を聞いてもらったのも上崎さんだった。上崎さんは結婚をせずに、子どもを産んだ。会社でそんなことをしたのは上崎さんがはじめてだった。

サプリメントなどの健康食品を扱うこの会社の企画宣伝部のチーフとして、仕事の面でも上崎さんのことを尊敬していた。上崎さんが子どもを産んだあと、企画宣伝部で、妊娠、出産が相次いだ。産休、時短。上崎さんのおかげで、遠慮せずにとれるようになった。まわりの目を気にせず残業をしないで帰れるのも、子どもの体調が悪くなったからと早退できるのも、上崎さんがいてくれたからだ。私をはじめ、部下からの信頼もあつい。

その上崎さんにさっき言われた、口が悪い、という一言がまだのみこめないでいる。

タッパーの隅に残ったごはん粒を、箸で集めながら、この前、部署内の会議が終わってから上崎さんに言われたことを思い出していた。

「いくらこっちが正しくてもね、最後の最後まで追い詰めちゃだめだよ。特に男はさ。執念深さは女以上だよ。同じ会社ならなおのこと、ややこしいことになるから」

会議中の話の流れで、同じ部の男性と新製品の広告のことで意見が対立した。部屋の隅に相手を追い詰めるように言葉を放った。自分より二歳年下の男性社員は私の言葉に言い返せなくなって、叱られた犬のような顔でうなだれていた。仕事なんだから、そんな顔しないで、何か言いなさいよ。思わず出かかった言葉をのみこんだ。子どもを叱りつけているような気分になって、怒りとあきらめの気持ちがごちゃまぜになった。間に入った上崎さんのおかげで、話は大きくならずにすんだが、上崎さんの言葉はこたえた。

食べ終わったコンビニ弁当の容器を手早くビニール袋に入れながら上崎さんが笑う。

「おとなしい人に見えるけど、言葉にさ、迫力がありすぎるんだよ片山さんは。自分が思っている以上に。……子どもにはきつかったんじゃないの」

黙ったままの私の背中を上崎さんがぽんと叩いた。

「まぁ、そんなに深刻にならないでよ。あら、電話」

携帯を手にして、上崎さんが会議室を出て行った。机の上には、口をきゅっと絞ったビニール袋がころんと転がっている。

信頼している上司だからこそ、言われた言葉が響いてしまう。自分の弱点だから、なおのこと。「おまえの言葉は刃物みたいに人を傷つける」別居している夫にも、繰り返し言われてきたことだから。


「いやぁ何事もなくて良かった。かえって申し訳なかったです」

会社の近くで買った老舗の和菓子屋の菓子折を渡して頭を下げると、スーパーマーケットの店長は人の良さそうな笑顔をこちらに向けた。休憩室を出る前にもう一度頭を下げて、そのまま店内で買い物をする。十二月に入ったばかりだというのに、店内にはクリスマスソングが流れ、サンタやツリーの飾り付けがされていた。

眼鏡をかけた小柄な女性に、ふいに頭を下げられて、誰だかわからないまま、頭を下げる。多分、息子の同級生の母親なんだろうと思う。私鉄沿線の小さな町だ。夕方、このあたりを歩けば、必ず、息子の学校の誰かに会う。それが少し苦手でもあった。

「片山さん……」

トマトソースの缶詰をカゴに入れようとして、後ろから声をかけられた。

同じ学童クラブに通う川越(かわごえ)さんだった。きゅっと胸のあたりが緊張する。

「回覧ノート、さっきお宅に置いてきたから。今月中に防犯パトロールあるからね。出られないなら早めに言って。代わりの人見つけないといけないから」

それだけ言うと、ぷいと顔をそむけて、レジのほうに歩いて行った。パーマのとれた肩までの髪を揺らしながら。茶色いダウンジャケットのところどころから、白い羽根が飛び出している。

川越さんに初めて会ったのは、小学校に入学してすぐの保護者会、PTAの役員決めのときのことだった。なかなか決まらないまま、じりじりと時間だけが過ぎていった。どういうわけだか、一人の母親が仕切っていた。上に兄弟がいて、役員経験のある人らしかった。

「PTAの仕事なんて、時間をとられるだけだと思っているでしょう。でもね、やってみると、皆さんやって良かったとおっしゃいますよ。学校に来れば子どもの様子もわかるし、保護者同士のつながりもできます」

教壇に立って明るい笑顔で保護者たちの顔を見ながら、張りのある声で言葉をくり返す彼女とは裏腹に、ほかの母親たちは彼女と視線を合わせないように下を向いていた。

「桜井さんなんかどう？」

知り合いなのか、一番前に座っていた母親に声をかける。

「祖母の介護があって……下の子もまだ二歳だし」消え入るような声で答える。

「鈴木さんは？」懲りずにその後ろに座っている人にも声をかけていく。

「仕事してるから難しいです。集まりはいつも午前中だし。やっとパート見つかったのにクビになっちゃう……」

「あら、働いているお母さんだってだいじょうぶよ。時間のことは融通きくから」

そうだろうか……。聞きながら、上崎さんの話を思い出していた。新学期早々の役員決めの煩わしさについては、何度も聞かされていた。

「何か押しつけられそうになったらシングルマザーって言って逃げなさい」

上崎さんがＰＴＡの役員になったとき、仕事の都合で午後の会合に出られないと伝えると、出勤前ならだいじょうぶでしょうと言われ、午前八時にファミレスに集まるように言われたらしい。ほかの母親たちの不満は、すべて上崎さんに向けられた。

「会議だって十分で終わるものに二時間かけるのよ。プリント読めばわかるようなこと。

そのあとはのんびりランチだもん。時間の流れがあの人たちとは違うの。無理無理」そう言って大きなため息をついていた。

母親しかいない教室のなか、気の重い沈黙だけが過ぎていく。しびれを切らした一人の母親が手をあげた。

「どうしても……誰もいないなら私が」

そう言うと、教室の隅にいた別の母親も手をあげた。

「じゃあ私も」

ぱらぱらと拍手が起こった。

ほっとしたものの、それだけでは終わらなかった。近隣に住む者同士で組む、地区班というものがあるらしかった。子どもたちの下校時間に、町の中を交替でパトロールするのが主な仕事だった。その班長決めがまだ残っていた。あらかじめグループ分けされた数人の母親が集められ、各班で決めるように言われた。

どこかで顔を見たことのある人もいた。ここでも同じように班長はなかなか決まらない。

「ごめんなさい……うち、下の子がまだ小さいんでちょっと難しいです」

一人の母親が最初に口を開いた。それがきっかけで、さっきと同じように「できない理由」を母親たちが次々に口にしはじめた。

「私、一カ月先に入院を控えていてね……子宮の、病気で」

ひどく顔色の悪い母親が目を伏せてつぶやく。

自分の生活がどれほど大変か、その話を聞かされるのは居心地が悪かった。

素直に同情する気持ちが持てないことも。誰がいちばん不幸なのかを、みんなで判断するようなものだ。それよりも、これだけみんながやりたがらないものが、なぜ、そのままの形で残っているんだろう、と不思議にもなった。誰もが不満を抱えながら、それを変えていく余裕も勇気もなくて、前の年と同じやり方をくり返しているだけなんだろう。そう思った。けれど、それを一番最初に口に出せば、この集団で必ずワルモノになる。みんなの視線がこちらを向いている。私ができない理由……。

「すみません、うちはひとり親でフルタイムで仕事もしてるので……」

咄嗟にシングルマザーという言葉は出なかった。ひとり親、と言ったほうが印象がいいような気がしたからだ。

「そんなの理由にならないよ。やむにやまれぬ事情じゃないでしょ。あなたの都合じゃない」

目の前に立っていた一人の母親が私を見て言った。それが川越さんだった。

みんなが息をのむのがわかった。しばらくの間、誰も口をきかなかった。

ほかのグループは早々に決まったのか、笑顔で教室を後にしていく。言い返すこともできぬまま、教室の床に落ちていた銀色のクリップを見つめていた。

「もうさ、このままじゃ決まらないから。入院を控えている方にお願いすることはできないし。それ以外のみんなでじゃんけんしよ。副班長も決めるんだしさ、お互い無理っぽいときは助けあって。ね」

グループの中でいちばん若そうな母親が口を開いた。ゆるりとパーマのかかったロングヘア。カラコン、まつげのエクステ、巧みなアイメイクで驚くほど目が大きい。デニムパンツが、細くて長い脚によく似合っている。

「じゃあ、じゃーんけん」

大人だけで真剣にじゃんけんをしているのが滑稽だった。何度かくり返し、負けたのはさっきの川越さん、次に負けたのは、じゃんけんで決めようと言った若い母親だった。

「言い出した自分が負けちゃってばかみたいだよねあたし」

おどけてそう言い、まわりの母親も笑って、雰囲気がほどけたが、川越さんだけがかたい表情のままだった。

「働いてるからって、地区班のパトロールできないとか、そういうのはないから」

川越さんが私を見て言った。

「だいじょうぶです。なんとか……」声がかすれた。

「川越さん、あたしも手伝うから、だいじょぶだよ、ね」若い母親が私に目配せする。母親たちのなかで、たぶん、この人がいちばんしっかりしている。頭が良くて、機転が利いて、コミュニケーション能力だってある。私じゃなくて、こういう人こそ社会でバリバリと働けばいいのに。心からそう思いながら、教室を出て行く母親たちに続いた。

家に帰ると、郵便受けからはみだすように、地区班ノートと書かれたクリアファイルが挿さっていた。パトロールが終わると、次の担当者の自宅までノートを渡しに行く。それがまたやっかいだった。家事や育児や仕事や介護。母親はみんな、そのどれかに足をとられている。忙しいし、時間がないのなら、パソコンでデータをやり取りすればいいんじゃないか、と思い、いつかの地区班の集まりで思わず言ってしまったことがあった。

「誰の自宅がどのあたりにあるか、実際に歩いて、見て、把握しておくことが大事なの。それに、みんながみんなパソコンを持っているわけじゃないし、片山さんみたいにそういうことが得意なわけでもないから」

川越さんに言われて、もう何も言うまい、と心に決めた。

部屋に入り、流しの前にスーパーのビニール袋を置いて、地区班ノートを広げた。次に誰と回るのか確認したかった。川越さんと二人で回るのはまっぴらだった。指で日にちをたどる。次の水曜。自分の名前の隣に、三好、という名前がある。みつきちゃんのお母さんだった。役員決めのときも来なかった。ぱちん、と自分の頬を叩いたみつきちゃんの小さな手を思い出す。

川越さんでなくてほっとしているけれど、これはこれで気詰まりだった。

ノートをダイニングテーブルに放り投げるように置き、流しの前でため息をついた。目の前の、タイルの目地の汚れをしばらく見つめたあと、勢いよく水を流して、買ってきたほうれん草やセロリを洗った。食べ物にやつあたりするのはよくない、と思いながら。

午後四時半からのパトロールのために、会社を早退した。もうあたりはずいぶん暗い。バッグから携帯用の懐中電灯を取り出した。待ち合わせ場所である公園の入口に立って、三好さんが来るのを待った。やけに冷たい風が頬をなでる。立っているだけで風邪を引きそうだ。会社を出るときに、ホカロンを背中に貼り付けてきて正解だった。

小型犬を散歩させる人たちが公園に入っていく。小学校の名前の入った黄色い腕章をつけているせいか、何人かの母親が、ごくろうさまです、と声をかけて通り過ぎて行った。

大型マンションに隣接したこの公園は、このあたりでも一番広い。中心に噴水広場と芝生のスペースがあり、そのまわりをコンクリートの小道が囲んでいる。

噴水のそばで自転車に乗ったまま、数人の小学生がＤＳで遊んでいる。家でゲームをしていると怒られるので、子どもたちは公園でゲームをするのだ。クリスマスに晴文が欲しがっていたものだ。サンタに手紙を書いた、と言って、リビングにあるパキラの枝に吊していた。七夕じゃないんだから……と苦笑しながらも、小学生になったのだから、もうゲームを解禁してもいいんじゃないかな、と思っていた。

「なんでも子どもが自分の思い通りになると思ったら間違いだぞ。いつかおまえの手を離れていくんだから」

ふいに胸に浮かぶ言葉がある。

いつか自分に放たれた言葉だ。お母さんお母さん、とまだ甘えてくる晴文がいつか自分の手を離れていくことなんて今は想像もつかない。けれど、一生添い遂げるつもりで一緒になった人ですら、気持ちが離れていくのは瞬時だった。晴文が大きくなって、やがて一人になることを考えると、その孤独に耐えられるのかどうか自信がなかった。

一人、二人と子どもたちが自転車に乗って公園を出て行く。

噴水のそばにある時計を見る。待ち合わせ時間から十分経ったが、三好さんは来ない。

午後五時を過ぎれば、晴文が学童クラブから帰って来る。もちろん部屋の鍵は持っているが、今朝、今日は早く帰れるから、と伝えると、飛び上がって喜んでいた。できるだけ早く帰ってあげたかった。

　仕方がない。ふ、と一回息を吐いて、一人でまわることに決めた。公園内のコンクリートの道をぐるりと回り、中学校の脇道を通って、駅前に出るルートだった。

　まだ公園で遊んでいる子どもたちがいれば、早く帰りなさい、と声をかける。子どもたちが怪我をしそうな危ない場所や、不審な人を見かけたときは、ノートに書き込むことになっていた。住宅街に通じるもうひとつの入口のほうは、生け垣に囲まれた細い道があるだけで、変質者が頻繁に出没する場所でもあった。

　街灯だけでは暗い。懐中電灯であたりを照らす。枯れ葉が音をたてる。変質者ならまだいい。もっと、もっと悪い人がいきなり目の前にあらわれたらどうすればいいんだろう、と思う。

「一人で子どもなんか育てられるのか」

　不安になるといつだって自分を責める言葉が浮かぶ。

　晴文と二人で暮らしはじめた頃からだ。

　だいじょうぶ、だいじょうぶ。体も健康だし、会社の業績だって今のところ悪くない。大きな失敗さえしなければ、クビにはならない。晴文が大学を出るまで、歯を食いしばって頑張るんだ。前に足を進めるたびに、自分に言い聞かせる。それでも不安は募る。もしここで、自分が殺されでもしたら。晴文が一人になったら。父が死んで早々に、ひとまわり以上も年下の男と再婚した母に預けるのはいやだった。悪い想像が限りなく広がっていく。

ふいに、カラカラカラと背後から音がして、驚いて振り返る。ファー付きのフードを目深にかぶった若い男が自転車を押している。足を止めて、男が通り過ぎるのを待つ。男が耳にはめたイヤフォンから漏れてくる音が近づいてくる。すれ違った瞬間、男の口元がかすかに笑ったような気がして鼓動が速くなった。

そのうしろから、子どもを乗せたママチャリが近づいてくるのが見えた。チリン、とベルが鳴る。男は自転車を押したまま公園から出て行った。男の背中が消えるのを見届けてから、中学校の脇道に続く道に出た。駅からまっすぐに続く道だから、街灯は暗くても、この時間なら人通りは絶えない。

遠くに駅前の商店街のあかりが見えてきた。鼻の奥がつんとする。寒すぎるせいだ。早くこのパトロールを終えて、家に帰りたかった。温かい部屋で晴文に食べさせる料理を作りたかった。食べさせる。学ばせる。体を清潔に保つ。温かい部屋で眠らせる。自分ができることなど、数えるくらいしかない。そう思うと、急に気弱になる。

別居した夫に啖呵を切るように離婚届を突きつけたあの頃の力はどこにいったのだろう、と思う。非力だ。認めたくはないけれど。自分がしたことへの後悔と、これからの不安と。守れるものなどほんのわずかだということを思い知らされる。

駅前通りに出た。北口のお茶屋さんや飲み屋が並ぶ細い通り。その先にこの町に一軒だけあるパチンコ屋が見える。自動ドアが開くたび、なかの騒音が漏れてくる。携帯を耳に当てた、髪の長い女。赤茶けて乾燥した髪がゆらりと揺れる。髪の根元だけが黒い。大声で話しながら、入口の前を動物園の熊のように行ったり来たりしている。すれ違う瞬間、目が合った。何も言う気はなかった。そもそも三好さんは、私のことなど知らないだろう。自分の娘が私の頰を叩いたことも。今日、自分がパトロールの当番だということも。その当番をすっぽかしていることも。そんなふうに生きられたらどんなに楽だろう。そう思いながら、パチンコ屋の前を足早に通り抜けた。

遠くのほうでじりじりと警報ベルが鳴る音が聞こえたような気がした。

うっすらと目を開けたものの、いったい今日が何日で何曜日なのかわからなかった。はっ、と気がついて起き上がり、布団の脇に転がっていた目覚まし時計を手に取った。午前十時五十分。起きたばかりなのに、どっと疲れが出て、もう一度どさりと布団に体を横たえる。今日は学童クラブのクリスマス会がある日だ。集合は午前十一時。一瞬、休んでしまおうか、と思うが、子どもたちの出し物で司会を頼まれていた。隣の布団では晴文が布団に顔を埋めるようにして寝ている。自分が出演する出し物を楽しみにしていた晴文のことを考えるとそうもいかない。それよりもお弁当だ。おやつにはクリスマスケーキが出るが、昼は各自お弁当を用意して保護者たちと食べることになっていた。午後の出し物が始まる前にコンビニで買って……頭のなかがくるくると動く。

重く、だるい体を起こして布団から這い出る。とりあえず顔を洗おうと思った。

学童クラブのある児童館まで晴文と自転車を走らせた。

「ごめんね。お弁当はお母さん、コンビニで買ってくるから」

そう言うと、何も言わずに頷く。

晴文の不安げな顔に、ほんとにごめん、と心のなかで思いながら、児童館の駐輪場に自転車を駐めた。

メイクも服も適当、頬にはシーツのあとがついている。気後れしながら一階のホールに入ると、みつきちゃんが晴文のもとに駆け寄ってきた。舞台の上では、学童クラブの先生による会の始まりの挨拶がすでに始まっていて、その前に並べられた椅子の上に子どもたちや保護者が座っている。後ろに立っていた先生に会釈する。晴文はみつきちゃんと共に、子どもたちをかき分け、小学一年生がかたまっている場所に座り、私は保護者たちのいちばんうしろに座った。保護者たちの背中をぐるりと見回す。見覚えのある赤茶けた髪の女。みつきちゃんのお母さんだ。こんな会には来るんだ、と少し意外な気持ちがした。

学童クラブの保護者にもそれほど知っている顔はない。二週間前、どうしてもやる人がいないから、と、保護者会の会長に、子どもたちの出し物の司会を頼まれた。子どもたちの名前と出し物だけ読めばいいの。それだけだから、と、切羽詰まったような声で電話がかかってきた。だったら、誰でもいいんじゃないですか、という言葉も、できません、という一言もどうしても言えなかった。

「どうしてもだめかな？」溶けた綿菓子が皮膚にまとわりつくような口調で言われ、早く電話を切りたくて、引き受けた仕事だった。

午前中は、ホールで学童クラブの先生たちが考えたゲームが行われた。障害物競走、大人対子どものドッジボール。動くたびに息がきれる。それでも、家では見せない顔で笑っている晴文を見るとうれしかった。

ゲームが終わり、お弁当を食べるために、ホールのあちこちにビニールシートが敷かれはじめた。コンビニへ、と思っていたところで、保護者会の会長に呼びとめられた。

「司会の打ち合わせ、ちょっと今いいかな」

晴文はほかの子どもたちと同様に、奇声をあげながら、ホールをぐるぐると駆け回っている。会長の長い説明を聞きながら、時折、晴文を目で追っていたが、保護者たちがお弁当を広げはじめると、みつきちゃんに手を引かれて、みつきちゃんのお母さんの前にぺたりと座った。

はい、はい、と、会長の話を上の空で聞きながら、晴文のほうに目をやる。みつきちゃんのお母さんが、晴文に何かを聞き、晴文は二言、三言、何かを言っている。それを聞いてみつきちゃんのお母さんがのけぞるように笑うと、晴文に割り箸を渡した。

「じゃ、午後、それでよろしくね」

会長の言葉を最後まで聞かずに、晴文のほうに歩いて行った。箸で卵焼きを口に入れようとしている。あっ、と思わず声が出そうになるのを抑えて、みつきちゃんのお母さんに頭を下げる。

「あ、すみません……。私、お弁当、今買ってきますんで」

みつきちゃんのお母さんが水筒の蓋に入れたお茶をぐいっとあおった。

「ええ、今からコンビニ行くの？　寒いのに。ほらこれ」

みつきちゃんのお母さんの前には我が家にはないような大きなタッパーが二つあった。ひとつのタッパーには海苔を巻いたおにぎり、もうひとつのタッパーには卵焼きとから揚げがぎゅうぎゅうに詰まっている。

「作りすぎちゃったから食べなよ余るのもったいないしさ」

は、はぁ、と言いながら、シートの隅っこに座る。目の前ではみつきちゃんと晴文が何かを言って笑いながら、おにぎりを口に運んでいる。みつきちゃんのお母さんが黙って紙皿と割り箸を渡してくれた。

「見た目は悪いけど味はいいよ」

そう言いながら、紙皿の上におにぎりと卵焼き、から揚げを載せる。子どもの頃から、家族以外の人がにぎったおにぎりが食べられない。どうしようかな、と迷っていると、今度は紙コップを渡された。そこに水筒からお茶を注いでくれる。けれど、色はついてない。ただのお湯？　と思いながら、口に運ぼうとすると、日本酒のにおいが鼻先をかすめた。

「これ……」

「あーここ、寒いじゃない。暖房もろくについてないし。それに酒でものまないとやってられないよ、こんなの。あれ、のめないの？」

「あ、いえ……」

のまないと何か言われそうな気がして、紙コップに口をつける。のめないわけではないが、酒には強くない。のどを焼くように日本酒が滑り落ちていく。子どもが集まる会に、お酒を持ってくるなんて、とこみ上げてくる言葉とともに、のみこんだ。

　目の前の晴文は二個目のおにぎりをぱくついている。食の細い子だが、今日は朝食も食べずに飛び出してきた。午前中にあれだけ動けば、おなかも空くだろう。私のほうは食欲がなかった。それでもから揚げを一口齧（かじ）った。確かにおいしい。

「寝坊したんだって？　今日」

「あ、はい……」

　笑いながら、また、手にした水筒の蓋に日本酒をつごうとする。中身がお酒だと、つがないといけないような気になって、慌てて水筒を持つ。ふわりと、日本酒独特の香りが広がる。子どもと保護者たちは、それぞれのシートを寄せ合い、グループになって昼食をとっている。けれど、みつきちゃんのお母さんの赤、青、白のストライプのビニールシートだけが、離れ小島のように、そこから離れている。お酒をのんでいることはばれないだろうが、こんなことをしているのは、ここだけだろう。

「晴文がさっき言ってたよ。お母さんなかなか起きなくて体を揺すっても起きないんで自分もまた寝ちゃったんだって」

　それほど親しくない誰かが、自分の子どもを晴文、と呼ぶことに抵抗があった。なんで呼び捨てなんだろう……。

「そっちもバツイチなんでしょ。晴文から聞いたよ。あたしもなんだ。まぁ、あたしの場合は、離婚して実家に転がりこんでいるんだけど……。晴文はうちのじいちゃんにもよくなついてるからさぁ」

「え……」

「晴文、将棋うまいんだよ。時々、じいちゃんに勝っちゃって、じいちゃんまじでぶんむくれてさぁ……そのあと機嫌とるの大変で」そう言いながら、から揚げを口に放りこむ。

日本酒がきいてきたのか、耳がじんじんと熱いが、頭の芯はどこか冷えていく。

「すみません。私、そちらにお邪魔してることぜんぜん知らなくて……」

「だって、帰り道だもん。晴文、お母さん帰ってくるまで一人でいるの怖いって。うちのことなんか気にしないでよ」

そう言いながら、みつきちゃんのお母さんが、また水筒の蓋に入れた日本酒をのみ干すが、顔色ひとつ変わらない。晴文がみつきちゃんの家に寄っていることなど、知らなかった。そんなこと一度も私に話したことがなかった。みつきちゃんとふざけながら、みつきちゃんのお母さんの作ったお弁当を食べる晴文がふいに憎らしくなる。

この感情は何かに似ている、と思って、ふと思い当たる。そうだ。自分だけが可愛がっていると思い込んでいた野良猫が、いろんな家で可愛がられ、エサをもらっていたときの落胆。あの感じ。わかった途端、自分が産んだ息子を野良猫にたとえる自分がいやになる。

「仕事大変なんでしょ。忙しいときはうちで預かるよ」

「あ、いえ、だいじょうぶです。晴文にはご迷惑かけないように言い聞かせますんで」

けっ、と小さく聞こえたのはもしかしたら空耳かもしれない。聞こえなかったことにしておきたかった。

「かたい人だねぇ」

そう言ったあとにまた、みつきちゃんのお母さんは杯代わりの水筒の蓋をあおった。

「すみません。ごちそうさまでした。午後の支度が少しあるので」

紙皿を割り箸を載せたまま二つに折り、手には日本酒の入った紙コップを持ったまま、頭を下げて、みつきちゃんのお母さんのシートを離れた。人いきれでむっとするホールの外に出たかった。廊下にあったゴミ箱に、紙皿を突っ込み、入口で靴をひっかけるように履いて、裏庭に出た。荒れ果てた庭の真ん中に濃い緑に濁った小さな池がある。近づくと、メダカだろうか、水面にいた小さな魚たちが逃れるように、池の底に消えた。紙コップに残った日本酒を池のそばにある排水溝に流した。

親切にされているのに、なんだって、こんなふうに追い詰められているような気になるんだろう。できれば誰の手も借りずに、晴文と二人で暮らしたい、と心の底から思った。

仕事と子育てだけしていたかった。そうしたくて、夫と離れた。

けれど、一時的にしろ、新しい人間関係を強要される。ＰＴＡ、地区班のパトロール、学童クラブ。できれば、そんなものと一切関わり合いたくなかった。触手のようにまとわりつく、女たちの手から逃れたかった。けれど、そこから逃れる勇気もない。子どもを介して、子どもの世界から、新しい人に出会うのがたまらなく怖い。子育てが大変、という不安だけじゃなく、こんな人間関係と向き合うことに恐れをなして、子どもを産むことを躊躇する人だっているはずだ。

もっとすっきりいかないものだろうか。

そう思いながら、灰色の空を見上げる。さっきの日本酒のせいだろうか、重苦しい頭痛の予兆をこめかみに感じた。

晴文のクリスマスプレゼントは結局、ＤＳになった。ほかのものを選ぶ余裕がなかった。十二月に入った途端、春に出る新商品のキャンペーンで毎日が慌ただしく過ぎて行った。会社にいる間にできない仕事は家に持って帰った。夕飯を作り、洗濯物を畳み、晴文を布団に入れたあとには、一日の疲れが押し寄せる。キッチンのテーブルに座り、茶色い瓶のドリンク剤をのんで気合いを入れ、日にちが変わるまで仕事をした。

ふいに家の電話が鳴った。こんな夜更けに誰だろう、と思うが、電話のベルは止まない。近所迷惑になっては、と思い、慌てて電話をとった。

「もしもし……」

くぐもったような声だ。まだ籍が入ったままの夫だった。今、いちばん聞きたくない声かもしれなかった。

「離婚届持っていくから。今週中にどこかで待ち合わせができればいいんだけど」

なんだってこんな忙しい時期に。渋っていたのはそっちじゃないか。出かかった言葉をのみこむ。判を押すと言ってるんだ。ここで機嫌を損ねられては困る。頭のなかがくるくると回転し、日にちと時間と、会社のそばにある喫茶店の名前を告げ、電話を切った。

指定したのは会社の最寄り駅の隣の駅。会社の人はめったに来ることのない昔風の喫茶店だった。ちりん、とベルの鳴るドアを開けると、奥の席に夫が見えた。ランチタイムだが、空いている席も多い。夫はオレンジ色のナポリタンを口に運んでいた。私に気づくと、紙ナプキンでぐいっと唇をおさえる。

「昼食べたの？」という言葉に黙って首を振り、夫の目の前に座った。離婚届さえもらえれば、一刻も早くここから出たかったが、オーダーを取りに来たおばさんに、思わず「アメリカン」と言ってしまう。

「これ」と言いながら、夫が茶封筒を差し出す。中で三つ折りになった薄い紙を広げる。夫の記入欄が空白なままだ。

「なんで……」自分でも眉間に皺が寄っていることがわかる。

「するつもりはないからおれ」

「だったらなんで」

「もう一回ちゃんと話し合いたいんだよ」

　ぐらりとまわりの景色が揺れた。

　別居する前、一年かけて話し合ったことが全部チャラになってしまったような気がした。浮気でもない、借金でもない、DVがあったわけでもない。家事も育児も、自分からは動かないけれど、これをしてほしい、と言えばなんでもしてくれた。

　そんな理由じゃ離婚するのは難しい、と誰からも言われた。けれど、子どもが生まれて三年たって、初詣に行った帰り、この人とはもう暮らせない、とはっきり思った。安らぐ、とか、気持ちが落ち着く、とか、そんな気持ちを子どもを産んでから持ったことがなかった。

　その夜、夫に向かって、あなたと暮らしていると箱のなかに入れられて、その箱がどんどん小さくなっていくような気がする、息苦しくてたまらないのだ、と、床に両手をついて、吐物をまき散らすように泣きわめいた。

「悪いところがあるなら直すから」

夫はそう言ったけれど、誰かに説明できるような、悪いところなどないのだ。家族が欲しくて、結婚をして、子どもを産んで、自分が望んだことなのに、それなのに、ちっとも幸せじゃない。わがままなことを言い続ける私を泣きそうな顔で夫は見た。

「このままじゃ、自分がどんどん削り取られて、なくなっていくような気がする」

言えば言うほど、夫には伝わらないだろう、という気がした。自分でもその気持ちを言葉にするのが難しかった。

「せっかく……せっかく……」

その夜、夫はそれしか言わなかった。

子どもが生まれる前にこんな気持ちになったことはなかった。結婚前、二年の交際中にも、二人だけで暮らしているときにも苦しくはなかった。そのときはただの、一人と一人の二人きりだったから。

けれど、子どもが生まれて家族になった途端、しんどくなった。子どもが嫌いなわけじゃない。子育てがいやなわけじゃない。子どもとは離れたくないが、夫とは暮らしたくないのだ。ひどいわがままだとわかっている。神経を病むところまではいかなかったが、常に眠りは浅く、手足は冷えて、考えすぎると頭痛がした。

一年かけて、そんなに苦しいのなら、一時的に離れてみよう、というところまで夫は納得した。けれど、私が晴文と住む家を決めた途端、荒れはじめた。酒をのみ、暴言を吐く。当然のことだ。自分がそう仕向けたようなものなのだから。それでも、もうすぐ離れられる、と思って耐えた。

「これ……」

ナポリタンを食べ終わった夫が、家電量販店の紙袋をテーブルごしに私に押しつける。

「クリスマスだろもうすぐ」

中を覗くとDSの箱が見えた。

「欲しがってるだろうなと思って晴文」

夫の表情は終始穏やかだ。もう十分気がすんだだろ、という顔で私を見る。

「ごめんなさい……やりなおせない」

お店のおばさんが夫と私のコーヒーを持ってきてくれた。カップをテーブルに置くのを、息をころすように見つめる。

「いっしょには暮らせない」

憎しみだけが溢れた目で夫が私を見る。

「意味がまったくわからねぇよ」

夫の声で、店の中にいる誰もが手を止め、しん、と静まりかえった。表通りを走る車のエンジン音だけが聞こえる。

「……おまえいったい……おまえなんなんだよ。そんなことが許されると思ってんのか」

コーヒーカップを持つ夫の手がかすかに震えている。私の体は瞬時に石膏で固められたように動かなくなった。

「晴文は取り返すからな」

突然立ち上がった夫の勢いで、テーブルの上にあった伝票が浮き上がり、床にゆっくりと落ちていく。テーブルの脚を蹴っ飛ばして、夫は店を出て行った。乱暴にドアを開けたせいで、鈴がいつまでもちりりちりりと鳴る。

床に落ちた伝票を拾った。お店のおばさんがゆっくりとテーブルに近づいて、体を屈め、私の顔を見た。

「だいじょうぶ?」

「すみません……お騒がせして、ほんとうにすみませんでした」

頭を下げ、すっかり冷めてしまったコーヒーを一口のんだ。夫の、あんなふうな乱暴な一面を引き出したのは自分だ。

日曜学校の帰り、あかりの点いていない自分の家を見て、ひどく不安になったことを思い出した。自分の家のあかりを消したのは自分だ。あかりの点いた家に入れたいのは、自分の体を分けた自分の子どもだけなのだ。そう思っているのは私だけなんだろうか。そして、そう思うことは、ほんとうにわがままなことなんだろうか。


「ほら、もう少し、がんばって食べようか」

長い冬が終わろうとしていた。

三学期の終わりが近づいていた。四月には晴文は小学二年生になる。目の前に座る晴文は、皿のなかのフライドポテトだけをつまらなそうにつまんでいる。映画館のそばにあるファミリーレストラン。映画を見終わった親子連れが、ほとんどの席を占めていた。子どもたちは興奮が醒めやらないのか、３Ｄアニメのパンフレットをめくりながら、父親や母親、兄弟に、しきりに何かを話しかけている。

晴文はフォークを手にしているものの、ほかの席の様子をちらちらと見ていて、食事がいっこうにすすまない。最近はいつもそうだ。どこかに出かけるたび、晴文の視線は、家族連れから離れない。

「おなか、いっぱいになっちゃった？」

うううん、と首を振り、皿の上のハンバーグを、ナイフとフォークで切り分けようとする。食欲がないのはこちらも同じだった。来月から家庭裁判所で離婚調停の手続きが始まろうとしていた。

「なるべく地味な格好で行きなさいよ。言葉遣いに気をつけて。調停委員を先生って呼ぶのよ」

それが上崎さんのアドバイスだった。

「よっぽどのことがない限り、親権を取られることはないよ。ほとんどの場合、母親のものだから」そう上崎さんは言ったけれど、万一、という場合もある。

「今日は、ほんとは、ぼく……」フォークにハンバーグをさして、晴文が上目遣いに見る。

「なに？」

「……言っても怒らない？」

「怒らないよ」

「みつきちゃんとDSしたかった……」

またか、と思ったが黙っていた。

「じゃあ、また、来週ね」

最近は、土曜日も日曜日もみつきちゃんの家にいりびたっていた。みつきちゃんの家にはおじいさんも、中学生のお兄さんもいる。男の人と遊ぶのが楽しいのだと思う。去年のクリスマス、夫が用意したDSはみつきちゃんにプレゼントしてしまった。

「ごめんなさい。元の夫がくれたものなんだけど。だぶってしまって。いつもお世話になってるから」そう言うと、みつきちゃんのお母さんは、水くさいなぁ、と不満げだったが、なんとか受け取ってくれた。

晴文はみつきちゃんの家に行くけれど、みつきちゃんが私の家に来ることはめったになかった。病院で私の頬をぶったことなど、もう忘れているだろうけど、みつきちゃんが家にやってこないことに、どこかほっとしてもいた。

二年生になれば、週の半分は駅前にある塾に通わせるつもりでいた。真剣に中学受験を考えているわけではないが、晴文が望むなら、通わせてあげたかった。入学するはずの近くの中学校がひどく荒れている、というのも心配だった。塾に行くようになれば、みつきちゃんの家に行くことも少なくなるだろう。今のうちだけだ。そう思っていた。

「晴文、この前話した塾のことなんだけど」

「ぼく……行かないよ」

「えっ……」

「だって、塾に行ったら学童お休みするんでしょ。ぼく、みんなと遊べなくなるからやだよ」

「うん、でも、学童にもあの塾に行ってる子たくさんいるでしょ」

「勉強なんか好きじゃないもん。みつきちゃんちで遊べないし」

そう言って、憎たらしく口をとがらせる。またか。みつきちゃん、みつきちゃん……。仲がいいのはわかる。晴文になかよしの友達がいてくれることはうれしいけれど、それがみつきちゃんなのがいやなのだ。最近は、学童の帰りにみつきちゃんの家でおやつを食べて、夕食をあんまり食べないことも悩みの種だった。それをみつきちゃんのお母さんに伝えられずにいた。

「もうちょっと考えてみようよ。塾に行ってもみつきちゃんと遊べるよ」

「絶対に行かないよ」

そう言ってフォークを置いてしまった。晴文の視線がさまよう。うしろを振り返ると、晴文と同じくらいの男の子がお父さんらしき人と手をつないでいた。

「晴文……」

「ぼく……絶対に行かないから」

まだデザートが来るのに、晴文は自分のジャンパーを着ようとしている。

「晴文！」

「早く家に帰ってみつきちゃんと遊ぶ。映画つまんなかった」

そう言って一人で出口に向かっていく晴文を、あわてて追い掛けた。もしかしたら、晴文は夫と暮らしたほうがいいのかな。不安になるのはこんなときだ。二人で暮らす、という自信がもろくも崩れていく。自分がある日突然、夫と暮らせない、と思ったときのように、晴文も、お母さんとは暮らせない、と、自分の元から離れていくんじゃないか。いつか、その日が来るのが怖かった。


ぐらりと床が揺れはじめたとき、まっさきに考えたのは晴文のことだった。

なかなか止まらない揺れに、きゃー、とフロアのどこかから声が上がって、自分はもしかしたら、このまま死んでしまうかもしれない、と思った。この時間なら、晴文はもう学童クラブにいるはずだ。古い児童館の建物。このまま揺れが続けば、倒壊するかもしれない。天井から落ちてきた重いコンクリートにつぶされる晴文の姿を想像して、足がすくんだ。生きていても、このまま、離ればなれになったら……。

「早く、机の下に潜れっ」

誰かの怒声でふと我に返り、資料を詰めた紙袋でいっぱいの机の下に頭だけを隠した。

ガシャーンと遠くで何かが割れる音がする。

しばらくたって、机の下から出て行くと、目の前で後輩社員が泣きじゃくっている。

「このビル、新しいから。耐震構造だけはしっかりしているからだいじょうぶだよ」

上崎さんが駆け寄り、彼女の背中をさする。しばらくの間は、倒れた書棚や自分の机の上から落ちたものを整理していたが、余震がくるたび、足が震えた。学童クラブに携帯で電話をしてみたものの、電話は通じない。悪い予感ばかりがつのる。夕方近くになって、今日の仕事はなし、ということになったものの、電車が止まっているらしい。

「危ないから無理に帰らないほうがいいよ。どうしても帰る必要がある人だけ。ね」

上崎さんがみんなに呼びかけている。

「すみません。私、子どもが心配なんで帰ります」そう告げると、

「あぁ……そうだね。だけど、途中まで行ってもう無理、って思ったら戻ってくるのよ。だってほら」上崎さんが窓から下の道路を指差す。見ると、道路いっぱいに家路をいそぐ人たちが黙々と歩く姿が見えた。サラリーマンの群れは、スーツの色のせいか、どこかで行われているお葬式に向かうようにも見える。

「上崎さんのところはだいじょうぶですか？」

「うちは、学校から家まで近いもん。六年生だし。家には母もいるし。だいじょうぶだよ」と私の腕をぽんぽん、と叩いて言った。

会社を出てすぐ、どこかでタクシーを拾えればいいな、と思っていた自分の甘さに気づいた。道路を通り過ぎるタクシーにはすべて人が乗っている。会社にいちばん近い駅のタクシー乗り場には長い列が出来ていた。仕方がない、と思いながら、また、歩きはじめる。

あたりはもうすっかり暗くなりはじめていた。時計を見ると午後五時に近い。一時間もあれば歩けるだろう、と思っていたが、目の前を歩く人たちのスピードは予想以上に遅く、なかなか前に進まない。歩きながら、携帯をチェックするが、さっきと同じように、電話もメールも通じない。とにかく早く学童クラブへ、と思いながら、歩き続けた。

けれど、通勤用のヒールで、長時間歩くには限界がある。踵に靴ずれができたような痛みが走る。街道を抜けて、線路を渡り、やっと自分の住む区に入った。そう思った瞬間、後ろから走ってきたサラリーマンに背中を押された。体が無様に傾いて、バランスをとろうとした瞬間、右足首に違和感が走った。

しゃがみこんだものの、歩く人たちの邪魔になる、と思い、ずるずると体を移動させて道から外れた。力を入れると痛みが走る。右足に体重をかけないようにして、左足で歩き、近くにあったコンビニのゴミ箱に手をついた。

ヒールを脱ぐと、ストッキングが破れ、親指が出ている。ゆっくりと、足首をまわしてみると、ある角度でにぶく痛み、顔がゆがむ。どうしたらいいんだろ、と思いながらも、疲れで何も考えられず、コンビニのガラス窓に体をもたせかけた。ガラスの冷たさが背中から伝わってくる。

後ろをふりかえると、コンビニのなかはこの時間には考えられないような混雑だった。トイレの前には列が出来ている。帰宅途中で飲み物や食べるものを買う人も多いんだろう、と思った。雑誌棚の前で、夫によく似た背格好のサラリーマンが漫画を立ち読みしている。その瞬間、もし、夫が私よりも先に学童クラブに来ていたら、と良くない想像が頭のなかを駆け巡った。夫の勤務する会社の方が学童クラブには近いのだ。もし、私がなかなか迎えにいけなければ、学童の先生が晴文を渡してしまうかもしれない……。そう思うと、ここで休んでいる時間などないんだ、と心があせる。

ふいに、カップラーメンのにおいが鼻をかすめた。横を見ると、高校生だろうか、エナメルバッグの上にすわりこんだ女子学生が、カップラーメンを割り箸ですすっている。私と目が合うと、視線をそらした。急に空腹を感じて、私も何かを買おうと思った。

歩き出そうとして右足に力を入れると、やっぱり痛みが走る。足首を押さえて、思わずしゃがみこんでしまった。

「捻挫(ねんざ)っすか？」背中から声がした。

振り返ると、カップラーメンを手にしたままの女子学生が私を見ている。

「……ちょっとさっき、ひねったみたいで」

そう言うと、割り箸をつっこんだままのカップラーメンのつゆをのみ干し、エナメルバッグから立ち上がったあと、容器をゴミ箱に捨てて私に近づいてくる。

「すぐに冷やさないとだめですよ」

女子学生はエナメルバッグのなかを探って銀色のスプレー缶とサポーターのようなものを取りだした。

「ほんとは氷で冷やしたほうがいいんだけど。あ、ゆっくり立ってもらえます？」

しゃがんだ女子学生の肩に手をついて立ち上がり、ハイヒールを脱いだ。女子学生がペンギンのイラストが描かれた缶を振り、ストッキングを穿いたままの私の右足首に、しゅーっと盛大にスプレーを吹きかける。あまりに冷たくて、思わず声が出た。次に、サポーターをストッキングの上から穿かせてくれる。

女子学生が私のハイヒールを見て言った。

「あ、だけど、この靴で帰るの無理だから。おばさん、足いくつ？」

「二十四です」

「ちょっと待ってて」そう言ってまたエナメルバッグのなかをごそごそと探っている。赤いラインの入った使い込んだバスケットシューズを掲げて見せると、私に向かってにやつ、と笑った。

「二十四・五なんすよ。これ履いて」

「え、そんな……」

「いや、あたしにはもう小さくてそれ。捨てようと思ってたから」

「いいのかな……」

「あ、ぜんぜんぜんぜん」

慌てて肩にかけていたバッグに手を入れた。財布を開けて、お金を渡そうと思った。

「ちょっ。あたし、ぜんぜんそういう気ないんで」開いた手の平を私に向けて、頭を横に振る。

「だって……お礼とか……」

「そっちのほうがやですよ。こういう日だからお互いさまでしょ。靴紐少しきつめに結べば、歩きやすいですよ」

「ありがとう……家は近所なの？」

「あ、もう、このすぐ先です。だけど、腹へっちゃって。へへ」

「……じゃあ、ありがたくいただくね」

「あ、はい。おばさんも気をつけて」

地面に置いたエナメルバッグを斜めがけにすると、女子学生はぺこりと頭を下げ、コンビニの角に消えて行った。ハイヒールを脱いだまま、ゴミ箱の横までゆっくり歩き、その場にしゃがみこんで、女子学生からもらったバスケットシューズを履いた。確かに少し大きいけれど、足先に余裕があるから、ハイヒールよりはずいぶん楽だ。言われたとおりに靴紐をきつめに結び、履いていたハイヒールをバッグにつっこむ。バッグに入れていたのみかけのペットボトルのミネラルウォーターをのみ干す。空いたペットボトルをゴミ箱に入れ、再び歩きだした。

歩くたび、右足首はずきん、と痛んだけれど、この大通りをまっすぐに行けば、学童クラブのある児童館に出る。あともう少しだ、と思いながら一歩、一歩、ゆっくり足を進めた。時計を見る。午後七時近い。学童クラブの先生には小さなお子さんがいる人もいたはずだ。保護者が帰るまで、待っていてくれるのかどうかもわからない。災害のときはどうするのか、そんなこと聞いたこともなかった。誰もいない部屋で晴文は一人で待っているのかもしれない。そう思って、速く歩こうとするのだが、足も、横っ腹も痛かった。のろのろ歩く私を、何人もの人が追い越していく。

やっと、児童館の建物が見えてきた。けれど、真っ暗だ。あかりがついていない。ずん、と胸に重いものが沈んでいく。夫が迎えに来たのか、それとも、一人で家に帰ったのだろうか。携帯をチェックするが、やはりまだ通じない。門の鍵も閉まっている。踵を返して、自宅への道を歩きはじめた。

黙って歩いていると、考えても仕方のないことをまた考えてしまう。

春から始まる調停のこと。夫のこと。晴文のこと。晴文と二人で暮らしたいと思ったこと。晴文が私のことをうるさく思いはじめていること。自分の家にいるより、みつきちゃんの家にいたいと思っていること。……どうして、うまくいかないんだろうな。だめな自分とわがままな自分。いいところなんて少しもない。かかわる人を不愉快にして、いったい自分はどうしたいんだろう。だから今、こんな目に遭っているのかな。

ふいに涙がわく。目の前の青信号がぐらぐらと揺れる。晴文に早く会いたかった。もっと幼い頃のように抱きしめたかった。ほこりっぽい髪のにおいをかぎたかった。生まれてきたことに感謝したこと。うんちが出ただけで喜んだこと。小さな産着。紙おむつ。水道水で冷やしたほ乳瓶のミルク。泣き止まない晴文をおんぶして、夜更けの街をさまよったこと。

「おばちゃーーーん」

道路の向こうから誰かが手を振っている。目をこらしてみる。みつきちゃんだ。

「晴文、うちにいるよーーーーー」

走って行きたいのだが、足首がまた痛みだした。足をひきずりながら、進む。

みつきちゃんが家に入り、誰かを呼んでいる。あと、もう少しだ。家の外に出てきた、みつきちゃんのお母さんが、驚いたような顔でこっちを見て、汚れたクロックスで駆け寄る。フリースから漂う、むせるようなダウニーの香り。

「あんた、その足、どうしたの」そう言いながら、みつきちゃんのお母さんが肩を貸してくれた。

「途中でくじいちゃった」

「ばっかだねー」

「ばかだよあたし。ばかなんだよいつも」言いながら涙が出た。

「うん。あんたばかだよ。あたしのことも、人のことも、みーんなばかにしてさ。……でも、わかってるなら、ま、いいか」こぶしで私の頭を小突く。

靴も履かずに玄関から晴文が飛び出してきた。

「おかあさーん」

私の胸に飛び込む。晴文の服から、みつきちゃんの家のにおいがする。大きな口を開けて晴文が泣く。食道まで見えるような大きな口で。その口を見ながら、誰か今、私の頬をおもいきり叩いてくれないか、と思った。

解説

篠田節子（作家）

私は二〇一〇年の小説宝石掲載時に「雨のなまえ」を読んだ数少ない読者の一人だ。

一読、小説としての質の高さに驚き、作家名を確認した。

窪美澄、という名前を知らなかった。その前年に「女による女のためのR－18文学賞」を受賞している。新人だった。さほど脚光も浴びていない。だが、小説家としての力はキャリアとは無関係だ。残念なことだが、すぐれた小説を書く新人が、メディアに囃され、多くの批評家によって絶賛されるとは限らない。

「雨のなまえ」は地味な小説だ。終始、鬱屈した気分が漂う。泣いて、笑って、共感し、感情移入し、浅薄な感動を求めようとすれば、いささか敷居が高すぎる。

この短編集の劈頭を飾るこの一本は、異質だ。

物語が展開する中のいくつかのエピソードや、主人公から見える風景、行動によって、言外に、しかし雄弁に、そのテーマを語っているのだ。

「……と思っているのに」「……な気持ちになって」「胸が詰まって」と書いてしまえばわかりやすい。だがそれなりの人生経験を積んだ大人の読者は、主人公の目に映る風景や匂い、一見メインストーリーと関わりのないエピソードから、その心情や背景を肌の上に感じ取る。一方、小説の読み方を知っている若者は、そこにある未知の心情を文学的作法に従い「解釈」することで、おそらく人間の不可解さと人生そのもののはらむ謎の前に、立ち尽くすだろう。

「雨のなまえ」は親切・安直な説明を排し、丁寧に描写を積み重ねてテーマを語ろうとした小説らしい小説だ。

父親になることから逃げたい夫。「いくら理屈をつけたって、そんなの絶対許せない。そんなときに不倫なんて最っ低」というのは、健全な反応であり、まさにその通りなのだが、人の心はどこまでも不可解だ。

人生の幸福なイベントのさなかに存在としての根源的な不安と恐怖が紛れ込み、愛の絶頂において死への誘惑に駆り立てられる。それを掬(すく)い上げ、可視化してみせることができるのが、おそらく文学であり芸術なのだろう。

だがこの短編集では、そうした不条理が観念的に語られることはない。

作者は男の生い立ちを語り、夫婦の間に厳然と存在する階層の違いとそこで醸成された感性の違いを描き出すことで、最初から無理のある結婚生活がすでに破綻していることを示す。そして妊娠を最後の砦として何とか男をつなぎ止めようとする妻によって、妻と家庭と人生そのものに追い詰められていく男の姿が、降りしきる雨と似たもの同士の悲劇的で腐敗臭を放つ情事の中に浮かび上がってくる。

官能小説特集の枠で掲載されたこの短編の冒頭の性描写が何を意味するのか、なぜ月経中の女との情事なのか。ここで私が講釈するまでもないだろう。

路上ライブの若者の前に置かれた缶に、男は自分に選びようのない選択肢を突きつけてきた携帯電話を放り込み遁走する。鮮やかな幕切れだ。読み返すごとに凄みを増す短編である。

「記録的短時間大雨情報」以下四編は、「雨のなまえ」に比べ、ぐんとわかりやすい。『ふがいない僕は空を見た』『晴天の迷いクジラ』『アニバーサリー』等々で、その後注目を集め、エンタテインメント分野での高い評価を得、読者の期待に答えてきた作家の実績がかいま見える。

「記録的短時間大雨情報」で追い詰められる妻の姿は、「雨のなまえ」の夫に比べるとはるかに身近で切実だ。

人生におけるバブルが崩壊した後に得たものは、傍目には堅実で安定した妻の座と主婦の生活だ。
満身創痍になって、女を捨ててまで仕事を続けるってどうなの？　と好きな人と結婚し子供を産む。夫の会社の倒産、二人目の子供の流産、不愉快な小姑の存在、そして近所のスーパーマーケットでのレジ打ちパート。勝ち組とは言えないが、決して負け犬ではない人生。人並みの幸せと人並みの苦労の揃った人生だ。

そこから、性の営みがいつの間にか抜け落ちている。代わりに余計なものが付いてくる。夫の愛人と家庭内暴力。そこまで含めて、私の母親の世代くらいまでは「いろいろありました。苦楽を共にして生きてきました」で済まされていた女の一生だ。恨みを呑み込み、ため込みながら。

だが私たちの世代は新憲法と戦後の民法の下で育ってきた。高等教育を受け、一度は社会の最前線で働き、核家族の中で夫婦が男女として向き合い、信頼関係を築くという期待と展望は持って結婚した。だから少なくとも、夫婦で共にする苦楽の「苦」に、浮気とDVまでは含めない。

そのはずが、気がつけばそれを受け入れながら家庭が回っていたとしたらどうだろう。そのうえもう一つ、負担が増える。信頼関係の崩壊した家庭に、姑がやってくる。認知症は始まっているが、臈たけたおばあさん。

手を焼かされながら、一方でその老女によって彼女は夢を見せられる。きれいなブローチ、きれいなマニキュア、日々のやりくりと家族の世話に追われる一見安定していて、実のところ殺伐とした彼女の生活に、姑はきらめきとロマンティズムをもたらした。

パート職場で、性を封殺して接したからこそ自分に懐いてきた青年への生々しい感情、それが老女の告白によって解き放たれる。

このまま死んだように生きるよりは、と。

そして土砂降りの雨が訪れる。

安易な慰めも救いもない。絶望の物語に深くうなずく。

小説は白日夢に似ている。本を閉じて過酷な現実に引き戻されたそのとき、幸せな物語が必ずしも幸せな気分をくれはしない。

途方に暮れ、瀑布（ばくふ）のような雨のかなたに目をやる彼女「タミコ」を、こちらの世界に戻ってきて、私はただ抱きしめる。「大丈夫、止まない雨はないんだから」と語りかけながら。

不釣り合いに美しい女との恋を成就させた男の物語「雷放電」のミステリ的な仕掛けに、短編の名手と言われた初期の小池真理子（こいけまりこ）氏のある作品を思い出した。あちらは汚れたぬいぐるみだったと記憶しているが、こちらの方は……。

陰惨ないじめの実態と、かつてそれを傍観し、幼なじみの少女の死を阻止できなかった男の罪悪感と葛藤、混乱を一切の妥協無しに描き出した「ゆきひら」。男性教師と思春期の女子中学生との、強風の痩せ尾根を行くような危うい関係性を絡ませ、理不尽な結末へと突き進んでいく。読者がしたり顔をしてこの男性教師や他の登場人物を批評し、断罪することを拒むような鋭い切っ先を持った一編だ。

『クラウドクラスターを愛する方法』『アニバーサリー』といった長編に通じる、登場人物の過酷な状況の中にも救いを感じさせる作品が、最後の「あたたかい雨の降水過程」だろう。

幼い息子を連れて離婚しようとしている「私」。ここに出てくる夫は、「記録的短時間大雨情報」に登場する、不倫、暴力、モラハラ男ではない。ならなぜ「私」は夫を受け入れられなくなったのか。実はその心情は彼女をめぐるすべての人間関係に共通するものだった。

自分一人で子供を育てられるという誤った自信ではない。息子と二人で生きていきたい。この世の中でたった一人、信頼できる血を分けた息子がいれば、余計な関係などいらない。この心理は、過剰に密着した母子関係を示す「母子カプセル」よりは、薬物依存者のリハビリを支援する組織「ダルク」の代表の言葉を借りて「ニコイチ」（二個一）と呼んだ方がふさわしい。「だれか一人」に執着し、どこまでも自分を受け入れてもらうことを相手に要求する、排他的で濃密な人間関係を求める。夫の非協力や育児の社会的支援の不在が母子を追い詰めるという側面を持つ「母子カプセル」に対し、「ニコイチ」の方は、より能動的に他者を排し、二人きりの世界を造り上げようという意志が見えるからだ。

その母親とのニコイチ関係から必死で逃れようとする息子の健全さと、よその子を自分の親子関係の中にためらいなく受け入れる、同級生みつきちゃんの母親。ガラが悪く、いささか非常識で、だからこそ他者に対しても寛容な彼女が、この物語に希望と力強さを与えている。この短編をラストに配したのは、読者への配慮だろう。

小説は、人が正しく生きていくための内的規範や、政治、行政、教育といったものの提供する理念、理想を描くものではない。人の心の複雑さ、身体を持つ限り逃れられない欲望や生き物としての根源的なエネルギー、様々な矛盾を含んだ人の有り様を描き出すものだ。そうした点で、窪美澄はエンタテインメントにあぐらをかくことなく、過酷な現実の中で手探りでもがき続ける人々が直面する心情を、紛れもない小説として表現できる数少ない作家の一人であろうと思う。

参考文献

『こどものせいしょ』ライニルケンス編　エンデルレ書店

「雷放電」執筆にあたり、吉原卓也氏に大変にお世話になりました。
心より御礼申し上げます。

〈初出〉

雨のなまえ　小説宝石二〇一〇年四月号
記録的短時間大雨情報　初刊時に書下ろし
雷放電　小説宝石二〇一三年七月号
ゆきひら　初刊時に書下ろし
あたたかい雨の降水過程　小説宝石二〇一三年五月号

二〇一三年十月　光文社刊

光文社文庫

雨(あめ)のなまえ
著者　窪(くぼ)　美(み)澄(すみ)

2016年8月20日　初版1刷発行

発行者　鈴木広和
印刷　萩原印刷
製本　榎本製本

発行所　株式会社　光文社
〒112-8011　東京都文京区音羽1-16-6
電話（03）5395-8149　編集部
8116　書籍販売部
8125　業務部

ISBN978-4-334-77330-4　Printed in Japan

JASRAC　出 1608688-601
組版　萩原印刷

お願い　光文社文庫をお読みになって、いかがでございましたか。「読後の感想」を編集部あてに、ぜひお送りください。
　このほか光文社文庫では、どんな本をお読みになりましたか。これから、どういう本をご希望ですか。どの本も、誤植がないようつとめていますが、もしお気づきの点がございましたら、お教えください。ご職業、ご年齢などもお書きそえいただければ幸いです。当社の規定により本来の目的以外に使用せず、大切に扱わせていただきます。

光文社文庫編集部